オールドボーイ

TakehiRo
iroKaWa

色川武大

P+D
BOOKS

小学館

目次

明日泣く

キッコはどうしているだろう。定岡菊子のことを、大分以前から、私はいつか記したいと思っていた。けれども、彼女のことについて、ある時期以外はほとんど知らない。物語として読者の前に供するには、それなりの起承転結がなければならないが、キッコのような女がどういう一生を送るか、昔なら、破滅型で片づけられてしまうところだが、私には手軽にそうまとめてしまえない気分もあって、今日まで記すことを控えていた。

が、まァ、素描を試みてみる。本来は、もっと想像を含めてもっと長く書きこみたい材料である。

もう二十年以上前のことになるが、ジャズマニアならご存知でもあろう、銀座に〝ギャラリー8〟という店があって、優秀な若手のジャズマンがよく集まってジャムセッションなどをやっていた。

ある夜ふけ、アフターアワーまで居残って新聞社の友人と用談をしていると、いきなり背後でピアノの強烈な音がきこえた。ふりかえると、エキゾティックな顔立ちの女の子が独奏《ソロ》をとっている。美人だった。それで話を中止してしばらく音をきいていた。

〝アイル・クライ・トゥモロウ〟という小唄曲だったが、まるで叩きつけるように強い音で、音だけきくと女が弾いているとはとても思えない。しかし、メロディのあつかいも、リズムも、粗野で、お世辞にもうまいとはいえなかった。

誰——？　と店の人に訊いた。

「お客ですよ。ときどき、弾かしてくれっていうもんだから」

「プロ志望者かい」

「いやア、もう人妻ですからね。道楽でしょう」

人妻、といわれて、もう一度彼女をふりかえった。うんと若く見えるし、眼がきらきら光っていて、どう見てもまだ未知な男の世界を追い求めているような感じだ。

「うんと年上の建築家の奥さんですよ。でもたいがい夜明け近くまで呑んでいる。いいご身分だ」

弾き終ると、もう一組残っていた卓からパラパラと拍手がおきた。

店の人が彼女を連れてきて、形式的に紹介してくれた。彼女のグラスに氷を入れ、ブランデーをついでやりながら、

「珍しい曲だね。〝アイル・クライ・トゥモロウ〟か」

「ええ、誰もあまり演《や》らないけど、あたし、好きな曲よ」

「ラヴソングじゃないね。アルコール中毒の女の唄だろ」

彼女は笑って、ブランデーをおいしそうにひと口呑むと、いくらかハスキーな声で一節口ずさんでみせた。

「ね、何してる人――!」

「ばくち打ちだよ」

私は好んでする自己紹介をした。

「何のばくち? カーポ?」

「ポーカーも昔やった。今はあまりやらない」

「何故――?」

「〃仕事〃が多いから」

「仕事って――?」

「インチキさ。俺はごたごたするのがどうも嫌だから」

「面白いの――?」

「ばくちがかい。さアな」

「儲かる――?」

「結局は儲からないだろうな。好きなことをした分だけ、身体もこわすし、重荷が増えるよ」

彼女はまた、少し笑った。

「〝アイル・クライ・トゥモロウ〟ね」

「そうだ。明日は、きっと、泣くんだ」

「あたしもそういわれたわ。小さい頃から。お前なんか、きっと今に泣きを見るよって」

「まだ若いからな。そうにしても、ずっと先の話だろう」

「好きなことしたから泣きを見るなんて、それじゃあんまり人生つまらないわ。あたしは後悔なんてしない。今までだって、一度も泣いたことなんかないわよ」

「じゃ、なぜあの曲を弾く――?」

「大工が大工の唄を唄う? 皆他人の運命を唄うわ。あたしは泣かないわよ。だからあの曲、好きなのよ」

彼女はグラスを呑み干すと、ごちそうさま、といってもう一つの卓の方に行った。

「自信たっぷりだな。キザな女だ」

と新聞社の友人がいった。

「そういいたい年頃なんだろう。もっとも女の生き方は男とちがうからね。因果応報ときまったものじゃないから」

私はそう応じたが、実はそのとき紹介された彼女の名前も憶えていなかった。よく見かける酔狂な有閑女の一人というだけのことだった。

私はうんと若い頃から無頼の巷をわたり歩いていて、放浪狼《はぐれ》のようだった時期もあった。で、中年にさしかかったその頃は、私とすればずいぶん身状《みもち》も改まっていた。小説、特に麻雀小説を書きだしてしまったために、住所を一定しなければならず、来客の応対のために妻のような者も必要になり、というわけで、順を追って市民的になる。

まアしかし、体質は正常な市民とはどこかまだちがっていただろう。

それで盛り場での知人も多かった。十代の頃から徘徊しているために、遊び客たちの変遷も眺めてきている。盛り場には奇妙に生活に困らない女性の有閑人種が多くて、それぞれいっときは優雅な日々を楽しんでいるけれども、それが一生の保証になるとはかぎらない。長いこと、そのリッチさを持ちこたえている女も居る。いつのまにか見かけなくなる女も居る。偶会している間は馴れ親しんでいても、見かけなくなるとどうして居るかがさっぱりわからない。

キッコのように人妻の身で夜遊びしている女もたくさん居て、その大半は袖すりあって、通行人のようにどんどんすれちがってしまう。

キッコとはいくらか濃い縁があったようで、それからまもなく、青山のマンションに居る従兄を訪ねると、ちょうどそこに客として彼女が来ていた。

「さすが小説家だねえ――」と従兄がいう。

「美女はたいがいご存じか」

「一度会っただけですよ。ジャズの店で」

彼女はその夜は貴婦人のような物腰を守っていた。しかし自分の美貌が従兄をいたく刺激していることを充分承知していて、そのように振舞っていた。従兄の夫人も私の女房も居たけれど、そんなことは無視して、コーヒーやケーキを配ったり、従兄のパイプに葉をつめたりして世話を焼いていた。

それから私のそばの椅子に坐って、

「小説家って、興味あるわ」

「小説家っていうより、俺は元ばくち打ちだよ」

「元がつくのね。今は引退？」

「半分ね」

「私もばくちは好きよ。地下《アングラ》カジノにも行くわ。いつも負けるけど」

私と従兄は外国のカジノの話をしばらくした。従兄は今は本社勤務だが、日航の元機長で、頻繁に外国に出かけている。

彼女とはじめて会ったのはブラジルで、サンパウロでは彼女の一族が大きなデパートをやっている、と従兄はいった。

「サンパウロに行くとね、今でも彼女の実家に泊りにいくんだ。ものすごい豪邸でね、庭が牧場のように広い。召使いも十人ぐらい居て、殿様になったような気分だよ」

「じゃァ、日本はこせこせしていてつまらんだろう」

「ブラジルだって退屈よ」

「なぜ、日本に来たの」

「生まれ故郷で暮すなんて嫌。スリルがないもの」

その夜は、午前四時頃まで居た。やっと解散というとき、彼女は電話をして、ハニー、と呼びかけた。

「帰るわ。迎えに来て頂戴」

旦那である建築家は、その時間まで設計図を引いているという。ほとんど仕事の虫で、どこへも外出しない。そのかわり、妻の自由はなんでも認めているらしい。

「あたしが好きなことをして、幸せそうにしているのが生甲斐なんですって」

「素敵なご主人ね――」と私の妻がいった。

「お金と、自由と、両方ともあって。あたしもそういう人と結婚したかった」

「それで小説を書く人だったらもっとよかったわ」

キッコは社交的に笑った。それから私に、

「また、あたしのピアノをきいてくださいね。今度は家で」

と誘うようにいった。

旦那はジャガーを自分で運転してきて、マンションの外の道で待っていた。噂できいたほど老人ではなく、五十代のおとなしそうな男だった。彼は妻のためにドアをあけ、運転手のように身をひるがえして反対側から運転席に乗った。

「えらい建築家らしいけど、妙な人ね」

と妻がいった。

「圭さん（従兄の名）にちょっかいだしているのかな」

「まさか。それなら奥さんの居るところへ来ないわ」

「そうとも限らんぜ。ブラジルの血が混じってるらしいから」

妻と圭さんの夫人はときおり電話で話し合う。キッコは週に何度も遊びにきているらしい。圭さんは彼女の讃美者で、キッコが遊びに来る夜は会社から早く帰ってくるのだという。圭さんの所は子供を造らなかったせいか、いつまでも夫婦水いらずのような甘い雰囲気があったものだが、夫人はキッコの存在がいくらか不安らしい。

私は私で、外で、キッコの噂をいくつかきいた。技倆的にも気質のうえでも天才的なところのある島田というジャズピアニストのあとを夢中になって追っかけているという。そうして島田のピアノトリオがレギュラー出演しているホテルのラウンジのアフタータイムに、キッコもソロで出るようになった。

つまり、正規の演奏時間のあと、まだ居残っている客のために、伴奏音楽者《カクテルピアニスト》の役を務めるのである。カクテルピアニストは、あまり出すぎないで、肌ざわりのなめらかな曲を静かに弾くのである。普通、ビートのない演奏者のことを、カクテルピアノみたいだ、などと悪くいうが、客を居心地よくさせるカクテルピアノの名手というのも居るのだ。

何かのついでに寄ったことがあるが、彼女のはあいかわらず叩きつけるような音で、カクテルピアノどころか、客同士の会話を中断してしまうような勢いだった。それで〝ビギン・ザ・ビギン〟のような難曲を弾く。落語家の前座が真打の演じる噺をやるような趣きで、演奏に隙間風が入っている。そのうえ落着きのない弾き手で、ともすれば客席の顔見知りのところに来て話しこんだり呑んだりしてしまう。マネージャーにうながされてピアノの前に戻るという案配で、どう見ても重宝がられているように思えない。

しかし、意気だけは軒昂たるものがあって、来年はニューヨークに行って良いピアノを買ってくる、などといった。

「旦那は毎晩、迎えにくるのかい」

「そうよ、あたしだってお仕事だもの」

「貴女のピアノ、旦那はなんといってる」

「主人はジャズが嫌いなの」

「じゃァ、ピアノを家におきたがらないだろう」

「あたしがやることに口は出さないわ」

「いいご身分だね。自由で」

「あたしが御飯たいたり洗濯したら怒るわよ。そんなことしろって誰がいった、って」

彼女はちょっと女っぽく身体をくねらせて、得意そうに掌を見せた。長くてしなやかな指だった。ところが、そう大きくはなかったが、火傷のような、痣《あざ》のようなものを見のがさなかった。

私の視線を意識して、

「お台所でね、油がはねたの」

「料理なんかしないんだろう」

「ふふふ、やることもあるわよ。相手によっては」

島田のためにか、と訊きたいところだったが黙っていた。

「ねえ、秘密よ。だけど、キッコさんがあんなことというなんて、面白いわ」

とある夜妻がいった。

圭さんの夫人が電話でこぼしたところによると、圭さんとキッコは、やはりただの仲ではなかったらしい。どの時点かで、一夜、二人が都内のホテルに同宿したことが夫人の知るところとなった。夫人はなやんだが、二人の仲があいかわらずのようなので、とうとう電話でキッコをなじった。

「もしこのままの形が続くのなら、キッコさんのご主人に告げなくてはならないわ」

するとキッコが、それだけはやめて、と哀訴したという。

「主人に知られたら、あたし、死ぬわ。すぐに死ぬ」

キッコは電話口で昂奮して、死ぬ、死ぬ、と何度も口走った。

「あたしを信用して、主人は自由をくれたわ。その信用を失いたくない」

実に虫がよくて、実にキッコらしい。それが女だといえばそうかもしれないし、このくらいのセリフをいえなければ、好きなことをして一生を完遂できないだろう。

が、圭さんとの間はそれで終ったらしい。

けれども彼女の男との噂は、ピアニストの島田以外にまだまだたくさんあった。一時的に燃えさかる機会に恵まれたのか、それとも下半身のゆるい体質だったのか、そのへんのところは私にはわからない。もっともその他大勢の男の中では、島田との関係はひときわ濃くて、終始、彼女の方が追いかけ、追いつめているらしかった。大分後になってからだが、彼女はそのことに関して、

「だって、島田のピアノにほれてたもの。他は男ってだけのことよ。でも、島チンのピアノは変らないわ」

小さなライブハウスなどに、定岡菊子トリオという名がときどき見かけるようになった。アマチュアからセミプロぐらいのところになったようだが、多分、出演料よりも維持費の方がずっと多かっただろう。

ある晩、帰宅するとキッコが訪ねてきていて、妻と応接間に居た。

「旦那とは、その後うまくいってるかい」

「別れたんですって」

と妻がいった。

「ほう——」

「一緒に暮してないだけで、ときどきまだ会ってるのよ」

「あれはもともと、同棲なの、それとも——」

「ちゃんと籍に入っていて、今度抜いたのよ。そういうところは、あの人、きちんとしているんだから」

私は、卓の上の小さな瓶を眺めていた。

「それでね——」とキッコがいう。「これを機会に、アメリカに行こうと思うの。ピアノの勉強をしに。ジャズの本場でもまれてこなくちゃね。一、二年は行ってるつもりだわ。井本も賛成してるし」

井本というのは別れた建築家の名前だ。

「いいわね。井本さんがお金を出すのよ。あたしもそういう男となら別れたいけど、この人じゃ一銭にもならないし」

「そんなことないでしょう。有名人なんだし」

「駄目。みんな自分で使っちゃうもの」

「おい、それは――」

私は卓の上の小瓶に眼をとめていった。

「スピードじゃないかね」

「そうよ」

「ふうん、君は薬もやるのか」

スピードというのは、臭いを嗅ぐ式のもので、麻薬の類としてはわりに手軽なものだ。

「奥さんにすすめているところだったのよ。あたしはこんなものじゃ駄目よ」

バッグをあけて、自分はＬＳＤをやる、とキッコはいった。

「ちょっとやらせてね。ここなら安全だから――」

「待てよ。俺ンとこじゃ、そういうものは使わせない。第一、カミさんは薬なんか何も知らんよ」

「常識よ。ミュージシャンなら必需品だわ」

「カミさんはミュージシャンじゃないよ」

「なによ。あんただって不良の口でしょ。ばくちはよくて、薬はわるいの」

「とにかく、こういうものはまず自分の意志さ。他人を誘いこんじゃいかんよ」

「じゃ、あたしだけやるわ。もう放っといて頂戴」

「ところがここは俺の家だからね。俺のルールに従ってもらう。君は自分の家に帰ってやりたまえ」

キッコの大きな眼から、突然、二筋三筋の涙が頬を伝った。

「おや、泣いたね」

「あたし、家なんかないわよ。今、ホテル住いだもの」

「しかし、俺の家でやることはないだろう。井本さんのところへでも行って——」

「冗談いわないでよ」

「まじめにいってるんだよ。やめろったってどうせやめやしないだろうから」

「じゃ、お酒頂戴」

「君は人の重荷になることばかりやるなァ。これから先、一人で生きてくのは大変だぜ。荷を肩代りする人が居ないとなァ」

「奥さん、お酒頂戴」

キッコは化粧を直したけれど、帰る気はない。

「そんなふうに見ないで。皆、自分を棚にあげて、人をわるい子に見るんだから」

「帰り給えよ。ホテルで寝酒を呑んで、それでぐっすり寝るんだ」

「まァ、よくもばくち打ちだなんていい恰好していえるわねえ。都合のいいときだけいい顔したりわるい顔したり、あんたなんか不良でもなんでもない、ただのズルだわよ」

そういえばそのような気もしたが、なんであろうと私のところを麻薬宿にするわけにはいかない。キッコは怖い顔をして出て行った。

それでキッコと縁が切れたような気もしたが、ケロリとして翌日、妻に電話をかけてきたり、アメリカのどこかから絵葉書をよこしたりした。

キッコは二年くらいアメリカに居たか。

ピアニストの島田から、彼女が日本に帰っていることをきいた。一人ではなく、白い肌の赤ン坊と一緒に。

そればかりでなく、クレイグ・ハンターという黒人のドラマーも伴っていて、アメリカ版のLPも何枚か出しているハンターの知名度を利用し、定岡菊子トリオとして仕事をどんどん取っているらしかった。

ハンターは黒人だから、赤ン坊の父親ではない。キッコにいわせるとアメリカでのジャズの師匠だそうだ。

「それで、少しはピアノの腕をあげたの」

「ピアノ？　あいつにあがる腕なんてないですよ。ただ気性で弾いてるだけなんだから」

島田がそういうくらいだから、本場のきびしいところにいるハンターにもむろんわかるはずだ。とすると色がらみの関係以外にハンターが日本にくる理由はない。

六本木の深夜レストランに、美人ジャズ歌手の歌伴《うたばん》で出ている定岡菊子トリオを聴きに行った。キッコは不思議に年齢を喰わず、スポットに照らされて眼を美しく光らせていた。そうして荒いタッチながらリーダーらしい物腰も備わっていた。

歌手の出番が終ると、私を意識したらしく、〝アイル・クライ・トゥモロウ〟を弾きだした。どお——? とピアノの音で私に挑戦しているように思えた。好き放題やっても、私は泣きは見ないわよ。

どうだかわかるもんか、と私は意地わるい顔つきをしてみせる。アメリカのどこかで、泣いて、赤ン坊だけ手に残されて、帰ってきたんじゃないのか。

私は自分がすっかり、世間の多数の立場に立っているのを感じ、顔をしかめた。そういう顔つきをしないように昔は努めていたものだが。

キッコはハンターと同棲してるわけでもなく、一人でマンションを借りて、赤ン坊を育てていた。もっともそこに島田がいつのまにか入りこんでしまって、夫婦のようにしているらしい。キッコにとって島田は、依然として神さまのようなものであるらしく、島田の意向に万事逆らわないところがある。

キッコのピアノの男っぽいタッチは、彼女自身の持味でもあるが、彼女なりに島田のタッチを模倣しているせいでもあるのだ。麻薬も、島田の影響だと思える。

島田という男は、天才にありがちな神経質で常軌を逸しているようなところがあり、昔から大麻の信奉者だった。化学薬品系の麻薬は身体を損なうこと甚だしいから、この系統の薬を追いはらうためにも、大麻系の麻薬をもっと普及させなければならないというのが彼の持論で、一時は、日本に大麻販売の組織を本気で作るといっていた頃がある。

島田の才能は衆目の認めるところで、特に女性の熱狂的なファンが多かった。そのせいか四十を越しても独身で、家庭というものを持たない。芸術至上的な古いタイプの音楽家であるために、商売優先のライブハウスと次々に喧嘩して、職場をすくなくもしていた。けれども島田は才能がはっきりしている分だけ、まだ生きつなぐことができる。キッコに若さが失われたとき、どこまで生きつなげるか。

一方、ハンターの方は、一間で風呂もついてないような小さなアパートを借りて、出稼ぎの農夫のような恰好になっていた。彼は最近妻君と別れ、慰藉料や扶助料をせっせとアメリカに送金せねばならない。

私の家が近いせいもあって、ときどき風呂に入りにやってくる。彼は黒人にありがちな内攻的なタイプの低姿勢の男で、風呂を借りても、あとを綺麗に洗い流し、タオルや石鹸も自分用のを用意してきたりした。もう五十近かったが、音楽の知識も豊富で、さすが競争の烈しい本場で長年生きしのいできた男だと思わせるものがある。

私の家では、片言でしかしゃべれないために、私のところのLPを小さな音でかけて、じっと聴いているような静かな男だった。彼のアパートに寄ったことがあるが、ドラムセットと簡便なプレイヤーしかない。

ではまったくの出稼ぎだけかというと、ここが複雑だが、たしかにキッコともきれいな関係ではなかった。お互いにどこまで惹きあっていたかはわからないが、ただの浮気というだけでもなさそうに思える。

「僕の命は、キッコだ」

とまじめな顔で私にいったことがあった。

薬を打とうとしたときにあくまで拒否したことなどケロリと忘れたように、キッコもよく来たし、キッコと島田、キッコとハンターと、ちがう組合せでくるときもある。彼等は仕事でよく旅に行くので、その点都合がいいのだ。

島田との痴話喧嘩のあとなど、島田は別の女のところにいっているらしく、キッコがこぼしていくときもある。例の指の火傷の痕などももう隠さず、肌の方の傷まで見せたりするが、腕力のない島田は、怒ると煙草の火を肌に押しつけるらしい。

薬だけはこの家で打たないこと、という約定はあるが、酔いつぶれて応接間で寝ていくことがある。ハンターと一緒に寝て、朝まで半狂乱のように淫したりもした。キッコもだが、ハンターもその状況になると内攻もくそもない。

「おい、ここはホテルじゃないんだから、いいかげんにしてくれよな」

といっても、翌日はケロリとして笑っている。

考えてみるとキッコたちには何の弱みもないのに一方的に攻めこまれていたようで、私はともかく、妻はときどき無性に腹を立て、もうあの人たちとは交際しないで、といったりした。ところがある日の朝刊に、島田が麻薬所持で逮捕された記事が出ていた。麻薬は保釈がきかないし、これで島田も終りだな、という者も居り、いや、売買なら別だが所持だけなら、他のタレントの例を見ても致命傷にはならないのじゃないか、という者も居た。

しかし、島田の場合は、なかなか蘇生ができなかった。第一に、彼の平生のわがままさで、関係者に疎《うと》まれていたこと。第二に、警察や世間に低姿勢にならず、形の上だけでも平身低頭しないで、わりに昂然としていたので、同情を買わなかったこと。

それで、私は、キッコの反応を興味深く見守っていた。

「どうしてキッコに関心を持ちつづけているのか、今までよくわからなかったが――」

と私は妻にいったことがある。

「自分勝手に生きて、いつか泣きを見るだろう、キッコが泣くところを見てみたい、その気持と、俺だってキッコのタイプなんだから、泣きを見るとはかぎらない、そのままずっと生きていってほしい、そういう気持とが混ざり合っているんだな。それでなんだか、眼が離せないんだ」

キッコが、事件後の島田をどう思っていたか。多分、心情的には終始変らなかったのではあるまいか。けれども、今のキッコには経済的な力がなかった。キッコが、たとえどう援助しようと思っても、その方策がなかったと思う。

よく誤解されるけれども、キッコのような遊び女は、金のために身体を売ることはできないのである。ある目的を持って男をひっかけることはしない。もっと自分勝手でわがままなので、誰かを援助するという立場になると、無力に近い。

ある夜ふけ、

「助けてえッ、殺される――！」

という電話が妻のもとに入り、エキセントリックなキッコには慣れているはずの妻も、さすがに私に注進してきた。

「また痴話喧嘩の一種だろう。だんだん刺激を求めて、電話入りになったんだ」

と私はいった。そうでなかったところで、タクシーで千円近い距離のキッコのマンションに駈けつけてもまにあうわけがない。

実際にその夜は刃物騒動になっていたようで、公けにはならなかったが、キッコはしばらく入院していた。それで島田との関係は、一応遠いものになったようだ。

退院してからやってきたキッコに私はいった。

「ところで、そろそろ結婚でも考えたらどうかね。もうそんなに若くないだろう」

「誰と結婚するの」

「そりゃァ君が定めることだけど。たとえばハンターなんてのはどうなの」

「黒人は嫌い」

「そうでもなさそうだったじゃないか」

「でも、嫌い。亭主にするには、恰好わるいわ」

「それじゃ、このまま、行くか」

「このまま行くわよ。泣きもしないで」

「どうかな。意地張ってるとにっちもさっちもいかなくなるぜ」

「だって、ブラジルへ帰ればいいんだもの。召使いつきで、地面を歩いたことなんてないわ。子供のためにもそれがいいし、そうだ、子供が手がかからなくなるまで、ブラジルへ帰ってみようかな」


キッコは、その場で思いついたようなことをいったが、日頃考えていたことだったかもしれない。それからまもなく、子連れでサンパウロに行ったようだった。


「まァ、あいつも、泣きの目も見ないで、キッコ流の一生をすごしていけるのかもしれないな」

「いいわね――」と妻がいった。「親が金持だと。あたしもそういう親を持ちたかったわ」


あれからもう七、八年になる。島田はやっとときおりライブハウスに出るようになったが、キッコからは音信もない。

ところが不思議なことというのは、あるときテレビを何気なく見ていると、キッコかもしれない女が、アメリカのドキュメントテレビ番組にチラリと顔を見せたのだった。彼女はその番組の中で、空飛ぶ円盤は実際にあるのだ、自分は何度もこの眼で見たことがあると、力説していた。

そのことを島田に早速話した。

「確かにあいつでしたか」

「いや、髪の形もちがうし、中年女みたいに老けていたから、はっきりそうとはいえないがね。でももう七、八年はたっているから」

「アメリカには居ない筈ですがねえ。実は彼女、麻薬でブラジルを国外追放になって、アメリカにも入国できないはずなんです」

私はなんとなく、どこかの国で、孤独に泣いているキッコを思い描いた。そう思いたかったのかもしれないが。

〔1986年「週刊小説」1月24日号初出〕

おっちょこちょい

日曜日で店はお休み、旦那は来ない、で、街へサウナに入りに行って、一人で手作りの御飯を喰べた。章子は家の中の小仕事を面倒がらない女だった。

そうして、寝る前に、マッサージを呼ぼうと思いたったそうだ。

マンションを移ったばかりで、以前から馴染みのマッサージ師が遠くなった。ちょうどその日、新聞の中にはさみこまれていたチラシがあって、そこに電話をかけた。

するとぼそぼそした老人の声で、男がいいか、女がいいか、という。

「男の人。凝《こ》ってますから、強い人がいいわね」

それから章子は、ベッドのある部屋を避けて、リビングにわざわざうすいマットレスを敷き、どういうわけかネグリジェ一枚になった。自分では、深夜、女一人の住いに男を呼ぶのだから、安っぽく見られてはいけない、というつもりだったらしい。

ピンポーン、と鳴って、

「感光堂から来ました」

初老の、眼のいかつい大男が入ってきたとき、彼女はなにがなし慌てて、すれちがうように玄関に行き、鍵を内からきちんとかけた。これも、ちゃんとした女はそうすると思っていたらしい。

章子はマットレスの上にうつ伏せになり、右向きか、それとも左向きからはじめるか訊いた。これまでのマッサージがそういう手順だったからだ。

「いや、そのまま——」

と男はいい、ネグリジェの下から手をさしこんで、いきなり素肌に触れだした。

あれッ、と思った。けれども、こういうやり方もあるのかもしれない。相手も分別くさい年齢だし、妙に声をあげて笑われたくもない。それに素肌に触れているが、たしかにマッサージはやっている。

彼女はそれで、黙って我慢をしていたという。

章子というのはそういう女で、南国生れらしく明かるくって気が良い。南国からそれなりの夢を描いて東京に出て来てバーのレジに就職した。そこで早くも現在の旦那に見染められて囲われた。早く父親をなくしたせいで、父親ぐらいの男性に甘えこむようなところがある。

「はい、あおむけになって——」

彼女は眼をつぶっていた。男の手が両の乳房を軽く揉みだした。男はしばらく彼女の性感帯を探すように肩口から腹のあたりをまさぐっていた。そうしてネグリジェの裾をはねあげると素早く両手をさしこんで、生《なま》の乳房を握りしめた。

章子は身を硬直させて慄えていた。変だ、いけない、そう思っているけれども、最初にどなりつけるきっかけをはずしてしまったので、どの線で決断するということが不明確になってしまっている。

感光堂の手が乳房をはずれ、下にさがるかに思わせて、パンティに両手を突っ込み、見事にスパッと足首のあたりまでパンティをさげた。

章子の店で、その話を彼女自身からきいていた我々の常連は、いっせいに笑いだした。

「実話かね」

「どこまで、この話続いていくんだ」

「ウウン、きいてよ――」と章子、「せっかくあたしが災難に遭っているのに、笑うなんてひどい」

「パンティをさげられて、それからどうしたんだい」

「ちゃんときいてよ。あたし、あッたまに来ちゃったんだから――」

あッと思って起き上ろうとしたが、男の手は足の指先を揉んでいた。そうして徐々に膕《すね》から膝の方に上ってくる。ここまで我慢したのだから、という妙な考えが浮かんだという。

その間も男の手は内股の方へ伸びて来、ティッシュを局部にぺたっと張りつけた。内股のすぐ上を揉む。毛の生えぎわまで手が来るが、局部は触れない。危ないところだがマッサージと思えば思えないことはない。

男の鼻息が、ふっとそばに来た。そうして乳房を吸われていた。

「何するのよ、失礼な――！」

ここでやっと彼女が決起したのである。彼女は脚で男を蹴り倒した。

「もういいわ。帰ってください――！」

バッグから何枚かの札を出して投げつけた。男は突き倒された恰好のまま、こんなことをいう。

「貴女だって、濡れてたじゃないか」

「帰ってよ。警察にいいますから」

彼女は本気で受話器を摑んだ。男は札を拾うと、のろのろと帰っていった。

一同笑い倒れていて、章子だけがきびしい顔をしている。

「あのインチキマッサージ、本当に訴えてやるわ」

「ちょっと待ってくれよ――」と一人がいった。

「はじめに電話して、男に凝ってるから強い人がいい、といったんだろ」

「男にじゃないわよ。肩が凝ってたのよ」

「ネグリジェで、女一人で、内側からロックしちまった。これじゃ先方もその気になるわなア」

「そうだ。その、何といったっけ」

「感光堂よ」

「さんなんかつけないでよ」

「感光堂さんも――」

「サービスに努めたんだよ。彼は初老だろう」

「五十がらみに見えたけど、体格がいいから六十近かったかもしれない」

「そんな年で、大サービスしたのにさ。そりゃァママがわるい」

「あたしはそんな気なんか、これっぽっちもなかったわ」

「気はなくてもね、感光堂先生としたら、わけもわからず罵倒されて、気の毒だよ」

「感光堂先生だって」

「今頃、あの前戯の仕方がわるかったかも、と思ってるよ」

「冗談じゃないわよ」

「感光堂先生を慰める会でも作らなくちゃ。その年で自信を失ったらもう駄目だぜ」

「それじゃ、あたしがわるかったのかしら」

「丁重にもう一回お呼びして、やって貰いなさい」

そんなことがあってから、もう二十五、六年がたっている。相川がまだぺいぺいのサラリーマン時代に行っていた店で、そういう関係というものは、店が廃業したり、いつしか遠くなってしまうものだが、なんでもないスタンドバーながら章子の店は数年前まで変らず繁昌していた。彼女の明かるさと毒気のなさが若い客にも受けていたらしい。

常連ではなくなってからも、年に一度か二度くらい、その方面で呑むと帰りにのぞいたりする。相川のように接待や仕事がらみで呑むことが多いと、気のおけないところで最後に呑み直すということになる。

いつ行っても明かるくて幼い雰囲気は変っていない。

あるとき、白髪が目立って増えてきた相川をまぶしげに眺めながら、

「おとうさんに似てきたわ。そっくりよ」

「おとうさんて、旦那のことか」

「ちがうわよ。あたしのお父さん」

「まだ、お父さん子なのか」

「あたしの恋人だもの。永遠の」

「いくつで亡くなったんだい」

「ええと、もう相川さんの方が上よ。嫌ァねえ。みんな年とっちゃって」

「自分だけ年をとらないようなことをいうなよ」

はっきりいって、相川は章子をずっと好ましく思っていた。章子の方でも、長年の客という

以上の気持を見せることが一再ならずあった。童顔に似合わず胸や腰のあたりが大きくて、それがご自慢だと一見してわかる。

「触らせてあげようか」

「いいよ――」

相川がわざと無視していると、

「触ったって、あたし平気よ。減るもんじゃないし」

「本物の男が触るとな、男は血を吸うから、そんなものすぐにしぼんでしまうよ」

「しぼませてごらんなさいな。そのかわり相川さんのお腹が出っ張るわ。――アラ、もう出てきちゃってるゥ」

長い間にはふとしたきっかけというものがあって、一度や半分くらいの仲になっているものだが、二人の間に何もなかった。相川は手も握ったことがない。

それには理由があって、章子の旦那というのが、かなり名の知れたやくざの親分ときいたからだ。店には組の若い衆はまったく出入りしなかったが、なにか事があれば乗り出してくるに相違なく、そういうごたごたを押してまでという気になれない。他の常連客でもそういう思いの男はたくさん居ただろう。

親分は心底章子をかわいがっていたらしく、なんの波風もなく店を張り、幼いままに年月をすごせたのも、すべておかげといってよかった。章子はまるで箱入娘のような気分で、二十余年、自分を託し放しにしていたことになる。

その親分が四、五年前に死んだ。章子にも配慮して何か残していったらしいが、それから一年もたたないうちに店をたたんだ。噂ではバーテンにかなりの金を喰われていたらしい。それから後、日曜日の午後に突然電話がかかってきて、日本橋に麻雀クラブを出したから、一度寄ってみて、という。

しかし会社から離れたところに、わざわざメンバーを連れて行くのは存外にむずかしい。無理に連れていけばそれだけ仲間に気を使わなければならぬ。

それで何年か縁がなかった。大学時代の友人でやはり昔から章子の店の客だった大沢が死んだとき、章子が葬式に来ていた。

「お久しぶり――」

「ああ、元気かい」

二言三言で離れたが、焼香をすまして帰ろうとすると、章子が待っていて駅まで一緒に歩いた。

「店は盛ってるの?」

「店って――?」

「麻雀クラブさ」

「ああ、三ヶ月でやめたわ。雇われママですもの」

「そうか」

「相川さん、一度、近いうちに会ってくださらない。ご相談したいことがあるの」

「いいよ。飯でも喰おうか」

「お家より会社の方がいいかしら、電話」

「そうだね」

「じゃ、またそのときに」

以前の章子のようでなく、どこか沈んでいた。面倒な相談らしいな、と直感したが、相川はそういうときに冷たい顔ができない。

十日ほどして、新橋の小料理屋で会った。相川は酒をつごうとして、

「ああそうだ、君は呑めなかったね」

「うん。でも、一杯いただく」

ひと口呑んで、章子は真顔になり、大きな塊りを吐き出すような気配になった。

「ちょっと待て。話はもう少し呑んでからにしよう」

と相川はいった。このまま素面《しらふ》でじめじめした話になってはかなわない。章子はうすく笑って、

「あたし、お婆ちゃんになったでしょ」

「うん。しかし思ったより変らないよ。いくつになった——？」

「いやだ。ご自分の年から考えてみてよ」

「でも、まだ女だな。身体がみずっぽいよ」

「そうお――」

と彼女は手を胸乳のあたりにやった。ちょっと笑いかけて、すぐに現実にひき戻されるらしく、

「そうならいいけど。女は損ね。年をとると、なんにもすることがないの」

「子供は産まなかったんだっけな」

「ええ。うかうかしてるうちに、あッっというまに、もう五十」

「四十ちょっとにしか見えないよ。お世辞じゃない。なァに現実の年齢なんか気にしなければいい」

それでも盃を重ねて、眼のふちがぽっと赤らむと、相川の冗談口につられて以前のように笑い声を立てるようになった。

「――それで、話って、金かい」

章子は頷いた。

「いくらだい――?」

「二十万――?」

「なァんだ、それくらいの金。といっても、俺もサラリーマンだし、女房に内緒で造るのは容

易なこっちゃないが」

「踊りのおさらい会がMホールであってね、今月の末までに、お師匠さんに払いこまなければならないの」

「ふうん――」

「あたし、今、踊りだけが心の支えなの。だって他に何もないんですもの」

「なるほど」

「ねえ、なんとかならないかしら」

「しかし、君ならいっぱい知合いが居るだろう。以前の組の人とか」

「そりゃ居るわよ。でも、いくらあたしが非常識だって、頼みにくいわよ」

「俺なら、いいやすいのか」

「ごめんなさい。大沢さんのお葬式でお会いしたとき、あ、お父さんが居る、と思っちゃったの。お父さんがひきあわせてくれた、と思って」

「またお父さんか」

「本当にごめんなさい。相川さんが一番いいやすかったんだわ」

「まァなんとか、工夫してみよう。ずいぶん長いつきあいだものね」

といいながら、俺もずいぶん気がいいな、と思う。まず大概は、相談があるといわれたら遠ざかる算段をするだろうし、金の話は言下に一蹴できる男が多い。皆そういう中で生きているのだ。身体を触った弱味があるわけじゃないし、無理することはない。

会社に一度、章子から電話が入った。そのときまで相川は何の手も打っていなかった。ところが日曜日、競馬が当って余分の小遣いが出来、その勢いで月曜の夜、麻雀をやったらこれもツイた。

相川は会社のそばの喫茶店に彼女を呼び出して、十三万円を渡した。

「二十万円には足りないが、やっとこれだけできたよ。これでなんとかならないか」

「すみません――」と章子はしおらしく一礼した。「着物代だけでも払えるわ。助かりました。それでねえ――」

彼女は顔をこわばらせた。

「これ、わるいんだけど、今すぐ、お返しする当てがないの」

「かまわないよ。気にするな。競馬と麻雀で稼いだ金だ。返してくれなくていいよ」

「――あたし、はずかしいわ」

「まァ、誰だって落ち目のときはあるさ。そのうちツキがやってくるよ」

そういうよりしかたがない。

章子はぽつりぽつりと昨今の自分のことを語りだした。小金を貯めているという六十すぎの老職人のところに、すすめられて後妻に入った。たしかに小金はあったが、通帳類は握って離さず、爪に火をとぼすような吝嗇《けち》で、おまけに会話というものがまるで成立しない。ただ晩酌の焼酎を呑んで毎晩身体を抱きにくるのだそうで、ついに我慢ができずに出てきてしまった。

「その頃はねえ、まだ少し余裕があったんで飛び出しちゃったんだけれど、つくづくあたしって駄目だなァ、って思っちゃってねえ」

「まったく君は、世間知らずのお嬢さんみたいにして、ずっと過ごしてきちゃったからなァ」

「本当、今頃になってこんなこといって、みっともないだけなんだけど」

章子は声を低めるようにして、

「ねえ、いい人居ないかしら」

「というと――?」

「贅沢いわない。こんなお婆ちゃんだし、喰べて、踊りが続けられれば、月二十万でいいわ」

「それは、後妻の話じゃなくて――」

「もちろん後妻がいいけど、さしあたり、二十万くれればなんでもする。どんな辛抱でも、今ならできるわ。本当のことといって、踊りどころじゃなかったの。この前、ガスも電気もとまりそうだったのよ」

相川はさすがに言葉を失って、しばらく考えこむふりをしていた。どうして、そんなふうになるまでぼんやりしていたのか、もっと前に先のことを少しは考えておくべきじゃなかったのか、といったところではじまらない。いかにも章子らしくて、そういうおっとりしたところに逆に魅《ひ》かれなくもない。

「そういわれてもなァ、すぐ心当りなんて思い浮かばないよ」

「二十万くらい、溝《どぶ》に捨ててもいいってお金持居ないかなァ」

「大体ね、こういう話は当人同士が直接会ってその気になるもんだからなァ」

「あたしお酒呑まないから、そういう場に出ていく機会がないのよね」

「まァ心掛けてみるがね」

章子はチラリと視線をあげていった。

「相川さんが、旦那になってくれれば最高なんだけど」

「俺はとても、そんな余裕はないよ」

「親分がなくなったときね、そういう夢を見たことがあったけど」

「そいつはすまなかったな。俺が甲斐性がなくて」

章子は、ガスも電気もとめられそう、というほどの状態には見えなかった。せっぱつまっても、身体の方の反応がおそいらしく、気持まで貧しくなっていないのが救いだった。

今度の依頼は前のよりもむずかしい。まさか大の男が女の周旋話を切り出すわけにはいかないし、公募している男も居ない。

妻君に先立たれて不自由している男の話は耳にしないでもなかったが、家族が多かったり、家風が固すぎたり、章子には手に余ると思えるものばかりだった。

結局、妾が気楽でいいということになるが、四十すぎぐらいに見えるとはいっても、五十女が、この女のありあまっている時代に、売りこむのは至難に近い。義理があるわけじゃなし、できないことはできないのだ。放っておくより仕方がないだろう。

何度もそう思うのだが、ときおり遠慮気味に章子から電話がかかってくると、突き放すようなこともいえなくて、つい、探しているんだけど、ぐらいのことをいってしまう。

この、おっちょこちょい奴。

相川は、妾、という言葉に奇妙な新鮮さを覚えていた。女遊びをしなかったわけじゃないが、妾は持ったことがない。老けたとはいえ、グラマーな章子の身体を月二十万で自由にできると考えると、どこか身の内がうずく。どうせ自分は若くてピカピカの妾を囲える身分じゃないのだから、あの程度だって立派な贅沢だ。

見ず知らずの他人から見れば、五十女で、生活にいきづまったありきたりの女だけれど、自分と章子には長い歴史があって、彼女はけっしてありきたりの女じゃない。

(――まァしかし、今、面倒を見れば、死ぬまで面倒を見なければならなくなる)

長年月に何があるかしれない。家族に病人が出るかもしれない。身のほどにないことをして、そんなときに苦しむのも嫌だ。

仕事の上の交際で、ときどき接待していた浜松の在の材木問屋の当主。七十二だというが、この老人と酒席の話題に、なにげなく章子のことを口にすると、

「へえ、親分の女だったのか。面白そうだね」

「ええ、二十歳のときから親分が掌中の珠みたいにしてた女でね、だから身体も若いし、気性も申し分ありませんよ」

なんだか女衒《ぜげん》みたいな物言いになるのに自己嫌悪を覚えながら、相川はそれでも彼女のために努めているつもりだった。

一度、見合いでもしてみるかな、と老人の方からいいだし、浜松にほど近い弁天島の温泉旅館に来てくれ、ということになった。

章子に伝えると、なぜか尻込みする。

「――だって、そんなところに着ていく着物もないのよ」

「いいじゃないか、なんだって。でも、とにかく若造りしてきてくれよ。年は四十二といってあるから」

「大物すぎるわ。そんなお金持じゃなくていいのよ。あたしなんか、きっと駄目よ」

「なんだい、俺だってこんな真似はしたくないよ。ガスも電気もとまるっていうから」

「ごめんなさい、すみません」

「相手を選んでる場合じゃないって、いっただろ」

「うん、行くわ――」

章子は以前と変らぬつぶらな眼に一筋の哀しみをこめていった。

「一生懸命やるわ。それしかしようがないものね。でも、相川さんに、行け行けっていわれると、品物を整理するみたいで、淋しいのよ」

「なァんだい。俺だって、こんなセリフをいうとは思ってなかったよ」

「弁天島には、相川さんも行ってくれるの」

「行きがかり上、俺も行く」

「ねえ、二人でひと晩、遊ぶくらいの小遣いある？」

「二人でか、まァね」

相川は章子を見た。

「だったら、一日早く出て、途中の温泉にでも、寄らない」

「――そうだな」

「この年になったって、あたしはあたしよ。変らないところは変らないわ。ひと晩、あたしのためにつきあって。もうそれでご迷惑はかけませんから」

相川と章子は、弁天島に行く前夜、伊豆に分け入って、当節珍しくなった和風旅館に泊った。

「さっき、女中さんが、奥さまっていったわ」

「そりゃそうだろう。それ以外の呼び方ってあるかい」

「あたしたち、夫婦に見えたのね」

章子はいそいそとしていた。宿の着物に着がえて、川沿いの道を歩いているうちに、どちらからともなく手を握り合って、はじめてのキスをした。

「まるで、小娘と青二才だな。俺たち」

「あたし、もうずうっと前から相川さん好きだったわ。いつ頃からだか、わかる？」

「さあ、な」

「はじめてお店に見えたときからよ。どう、驚いた？」

「そうかい——」

「まだはっきり覚えてるわ。相川さんの洋服の色まで」

「俺も、章子ちゃん、好きだったよ。知ってたかい」

「ええ。カウンターの離れたところに居ても、相川さんの視線、ちゃんと感じてたもの」

「俺たち、ずいぶん古風だな。三十年近くもお互い黙ってた」

「あのとき、もう奥さんがあったものね」

「君だって、親分がついてるってから、最初からあきらめてた」

「親分が亡くなったとき、あたし、本当に夢みてたのよ。お前、俺の物になれッ、っていってくれるかと思って。でもそううまくはいかないわね」

「うん——」

「この前もそうなの。俺が買ったッ、ていってくれたらね。相川さんにしか、こんなこと頼んでないわよ」

宿に帰って風呂に入るとき、

「お願いね、あたし一人で行かして」

「ああ、行ってきな」

「贅肉《ぜいにく》がついちゃって、こんな身体、見せたくないの。そこで眼を瞑《つむ》って、昔のあたしを思い出していてね」

相川は一人で先に酒を呑み出した。複雑な気分だった。百年の恋のような気もするし、老いて落ち目になった二人旅という気もする。

湯から出た章子が、コップを出した。

「ついで頂戴」

「いいのか、そんな大きなもので」

酒を八分目近くついだ。

「いいでしょ酔っぱらったって」

「ここなら大丈夫だ。寝るだけだから」

「本当にお世話になっちゃって、ありがとうございました」

「そんな礼はいうなよ。俺は女衒じゃない。礼もいわなくていいし、礼の意味なら身体も貰わないぜ」

「そんな意味じゃないわよ。わかってるでしょう」

酔いどれるつもりじゃなかった。控えていたつもりだったが、意外に深く酔って、いつのまにか布団の上で、鼾《いびき》をかいて眠っていた。眼をさますと、膳も片づけられ、電気も消されている。

うす明かりの中で、章子の寝姿を見た。彼女は身動きしないし、息もきこえない。

「どうだい――?」

声をかけてみた。

すると章子が、身体ごとこちらに向けた。

「待ってた――」

転がるようにこちらに来た。そうして父親に甘えるように相川の胸に顔を埋めた。

相川の掌が浴衣の下に潜った。

「いや、ずん胴でしょう。老けたでしょう。お願いだから、そんなこと思わないでね」

「なんでもいいよ。今でも好きだし、すくなくとも俺にとっては、この身体、魅力だよ」

本当に、相川はそう思っていた。さすがに弾力やみずみずしい感じは失われていたが、豊満な身体が餓えていたように、どこを押してもつんつん感じてくる。

柔らかいところに指を入れると、熱く濡れているばかりでなく、待ちきれないように腰を揺らしてくる。

向うの掌もこちらに来ている。

しばらくして、相川は、

「いかんな――」

と声を出した。

「疲れてるんでしょ」

「近頃、ムラがあるんだよ。いや、あんまり気持がこもりすぎて、かえって駄目なのかな」

「いいわよ。無理しなくても」

しかし身体の方は百倍も逆のことをいっていて、相川の身体にぴったりこすりつけてくる。

三十年ぶりの一夜、明日は無い。そんな気持なのであろう。

「ちょっと、もうひと眠り、寝てみるかな」

「それがいいわね。おやすみなさいな」

しかし彼の腕を枕にして、ぴったり張りついている。

相川は、停電の夜、電気が来るのを待つような気分で、章子のためにも、精神を統一しようと暗やみの中で眼を見開いている。


〔1987年「週刊小説」1月23日号初出〕

男の花道

1

「——芹さんが、もう、駄目なんだって」

あの夜、女房がそういって、仮眠している私を起こした。

芹さんというのは、礼儀正しくいえば、芹沢博文将棋九段。その芹さんが、競輪のお師匠、と呼んでいた川上信定くんから電話があったらしい。

「お医者さんが、99％、いえ100％駄目だっていってるって。もう皆さんに知らせろということで、棋士の方たちも集まってるそうよ」

「——どうして、もっと早く」

「暮は仕事がたてこんでるだろうからって、遠慮してたらしいの」

とりあえず、病院に向った。遅かれ早かれ、こういう時があるだろうとは思っていたが、仔細が呑みこめなかった。つい先日の小倉競輪祭には元気な顔を見せていたそうだし、この日送られてきた週刊誌には、対談がのっていた。

見舞客たちが帰ったあとらしく、愛嬢とご亭主の大野四段、もう一人の青年は息子さんだろうか。両側から見守られて、芹さんは軽い鼾をかいていた。

二日前に自宅で血を吐いて、かかりつけの病院にかつぎこまれ、それでも陽気にしゃべっていたのに、昨夜、痛がって暴れ、それから意識不明の由。

でも、肝臓で三度吐血して、そのたびに生還しているのだ。

「黄疸《おうだん》は、十年前の僕の黄疸よりずっと軽そうな感じだなァ――」と愛嬢にいった。「眠って疲労でもとれたら、また持ち直すかもしれないね。勝負強い人だから」

「ええ――。でも、蜘蛛膜の出血があるんで――」

私は顔をひきしめた。改めて、鼻に管をさしこまれ、四本の点滴の瓶に囲まれた芹さんの寝顔を見た。

お別れか、と思う。

芹さんには良友悪友がたくさん居たが、私はまぎれもなく、悪友の一人だった。ご家族にさぞ恨まれていることだろう。どうも、こういう場に居辛い。

がんばって、と一言いって、あとから来た森雞二《けいじ》九段と一緒に、逃れるように病室を出た。

まだ、五十一歳。

哀しい、惜しい、淋しい、いろいろな感情に先駆けて、男の死に方だなァ、という思いが胸に満ちた。しかし、その実感を具体的に説明することがむずかしい。

私は、芹さんの悪遊びの仲間の一人に誰からも思われている。実際またそのとおりでもあったが、私の内心としては、遊び友だちのつもりではなかった。芹さんは、そんなことを一言も洩らすような人ではなかったが、胸の中の深いところで、なにかを決意してしまったようなところがあり、私はそれを漠然と感じていて、しかし、男が深く深く決意してしまったようなことを翻意させる手だてがみつからず、ただただ眺めているきりだった。自分が芹さんであっても、誰の説得も通じない。そんな塊りを手をつかねて見守る。

その塊りが何だったたか、私に断定する術はない。私たちはその話題を一度も口にのせなかった。かりに、死にたい、死ぬ、ということだったとする。それでも私は、見守っているほかはない。片刻《かたとき》も眼を離さずに。

それしか仕方がない。私は芹さんと、そんなふうな内心を隠し持って、つきあっていた。芹さんはそこいらを感じてくれたろうか。

その夜の明け方、四時半に訃報をきいた。私はとうとう、一度も、一言も、芹さんの観念的自殺を喰い止める術を得なかった。

2

将棋連盟はお化け屋敷だ、といったのは山口瞳さんである。うまい、と思った。瞳さんは人後に落ちない将棋好きで、このいいかたは毫《ごう》も悪口でない。それどころか、畏敬、畏怖の念がこもっているのを感じる。

私も、将棋さしは、普通の人間ではないと思っている。やはり、畏敬、畏怖の念からだ。

将棋に関心のない方のために、簡単に記述しておくが、現在、プロ棋士の序列は、たった一人の名人を頂点に、その名人位に挑戦権のあるA級十名、その下がB1、B2、それからC1、C2。毎年一回昇降級があって、二名ずつがいれかわる。一番下に奨励会というクラスがあって、ここでは好成績をあげた二名がC2に昇級し、四段を許されてはじめてプロと目される。

この奨励会がすごい。全国からその地方で天才といわれた少年たちが集まって、勝敗を競っていくのである。つまり奨励会に名をつらねることがすでに天才なのであって、その天才集団の中で勝ちしのいだ大天才がA級八段となって名人位を目指すのである。

芹さんが将棋をおぼえたのは小学校四年生。これは晩学であって、普通は四、五歳からはじめる。そうしてその地方の大人を総ナメにするような子供が、志を立てて奨励会を受験してくる。芹さん、覚えて二年後、六年生のときに時の名人、木村義雄を二枚落ちで敗ってしまうのである。たとえ飛角落ちでも、木村名人を敗るということがどういうことか、前記の序列を見ればおわかりであろう。

沼津に天才少年現わる。

芹さんはC2につけだされてから、毎年一階級ずつ昇級して、弱冠二十四歳でA級八段になっている。奨励会の十七、八歳の頃から、未来の名人といわれ、本人もすくなからずそのつもりでいた、というより、名人位は最大の目標だった。

将棋には王将とか、王位とか、棋聖とか、十段位とか他のタイトルも多いが、最高のタイトルはなんといっても名人位で、これは棋士の誰もがそう心得ている。相撲でいえば名人位は横綱、他のタイトルは各場所の優勝、というところか。

芹沢天才少年は、当時から放言癖があった。

「俺は、二回は不戦敗でいいや――」

十二回戦の順位戦を、二度休んで不戦敗になっても、九勝三敗で昇級できるからいい、という意味だ。放言だけならまだしも、事実九勝して昇級してしまうから、怒る人は怒る。

それでA級にあがって、今度は名人位の挑戦者かと思ったら、A級を二年保持しただけで、またB1にさがってしまった。

このへんは将棋に深くない私はどうしてだかわからない。誰にきいてもまだその頃は、次の名人は、芹沢じゃないか、というのが常識だった。

芹さんも、弟弟子の中原誠や米長たちとガード下で呑んでも、すべて勘定は芹さん持ち。彼等同士で賭けをしていて、自分が名人になったら、今日までの勘定の総和の倍を払え、という。その頃から、芹さんの頭の中には、名人位しかなかったらしい。

森雞二九段が、

「四十までに名人位をとれなかったら、俺は郷里《くに》に帰ってレッスンコーチになる。トーナメント棋士をやめるよ」

といったことがある。（その布石をしているのかどうか、彼は高知に妻子を移住させ、東京と二重生活をしている）森九段も天才中の天才で、一見堅実な考えに見えるが、これも名人位かゼロか、ということの彼流の表白と受けとれないこともない。

芹さんはもっと極端だった。名人位か、ゼロか。自他ともに、次の名人と思っていたし、なによりも彼は将棋を愛し、棋士を愛し、名人位をこの世の最高のものに見ていた。小学生の頃から将棋一途、他の人生を考えない男だったのだ。

選ばれた者の恍惚と不安。

知ったような顔して記しているが、実をいうと、私は将棋をほとんど知らないに近い。それなのに棋士の友人はわりと多くて、しょっちゅう遊び歩いていた。

将棋と並べてはいけないのかもしれないが、私も若い頃、ばくち一途で生きる気で、鉄火場をうろついていた時期がある。勝負だけで生きることの、めくるめくような陶酔、それを持続させるための苦渋、それらも少しは肌で知っているつもりである。

もうあれは、個人能力だけが頼りで、野の獣のように自然で原則的な生き方でもあり、同時に世間の道徳など踏みこえた、ロマンチシズムの極のような、最高の生き方なのだ。だから私は、今でも、理想の生き方は、ばくち打ち。それが持続できなかった自分を恥じている。小説書きに成り下がった、というと人は不思議そうな顔をするが、本音なのである。

私は棋士たちを、そのように眺めていた。そうして、天才集団の中の天才たちを、畏敬し、畏怖していた。

もうひとつ、彼等一人一人が、自分の仕事（将棋）に寄せる思いの深さに打たれていた。こんなに仕事を愛し、熱中している種族が、他のどこに居るだろうか。

芹さんは、なぜか、A級を二年続けて、以後、B1に低迷した。低迷といっても、A級は全棋士の中の十名のみ。A級と遜色《そんしょく》ない力の持主がひしめいている、B1に落ちてすぐカムバックできたらA級でも上位の力の持主といわれるほどだ。

でも、衆目が次の名人と目していた芹さんにとっては、低迷だった。皆が不思議がった。酒と女、ばくちが彼を駄目にした、といわれた。

一部始終を見ていたわけでもない私にはなんともいえないけれど、他のことならいざしらず、勝負師が、自分を駄目にするほど他のことに没入するわけがない。呑む打つ買う、荒れれば荒れるほど、内心が冴えてきて、空虚なものだったろうと思う。

将棋を知らない私が、強引に断言するが、また故人に対して失礼千万な記述だが、芹さんが低迷したのは、酒色のせいではない。彼の将棋が、どこかひとつ、列強を勝ちしのいでいけないものがあったからだ。彼を酒色に耽《ふけ》らしめたのは、その点に気づきはじめた内心だ。

どこが劣っていたのか、私にはわからない。ひと口に、強い弱いといっても、このクラスは天才同士の戦いで、総力戦である。将棋の実力は紙一重、自分のすべてを投入して戦うのだ。体力、人格、気質、運、その他あらゆるもの。どこかが弱ければそこを突かれる。

修業で克服できる弱点もある。克服が不可能な弱点もある。将棋の実力で、未来を展望していた芹沢少年が、次第に、棋力だけでは解決できないものの壁に打ち当る。

まずいことに、芹さんは頭脳明敏だった。感受性も抜群にすぐれていた。

そうして、芹さんが手をとって教えた弟分、中原、米長が、後から躍進してきた。

もう十数年前のことだが、その年のB1の最終戦で、大野―米長戦、芹沢―中原戦が東京と大阪で同時進行という日があった。

大野八段が勝つと無条件でA級復帰。大野八段が負けると、芹沢―中原の勝者がA級入り、という形だった。

大野―米長戦は、米長の逆転勝ち。

先に終った一戦の結果は誰も知らせないが、観戦者が急に増えたりするから気配でわかる。

芹さんは終始優勢に進めながら、終盤でポカをやったらしい。

その夜、別室の山口瞳さんたちのところへ現われた芹さんの凄惨な顔つきが印象的だった、と山口さんが書いている。

その一戦でA級入りした中原が、すごい勢いで名人位まで昇りつめる。

私が芹さんと親しくなったのは、その直後くらいからである。

3

芹さんの酒は陽気だった。呑まなくても陽気な人だったが、呑むと陽気さに加えて、傍若無人な所作を好んだ。これはひとつには、尊敬する先輩たちの生き方を一生懸命受けつごうとしていた気配が見える。

十一歳で木村名人を（駒落戦だが）敗ったのが縁で、彼は名人にかわいがられ、カバン持ちとしてついて歩いた。

「どこに行っても知事差廻しの車が、ちゃんと待っているんだ。名人はその車を勝手に使って、帰りに知事室に寄るんだ。ずかずか入っていって、やあ、ありがとう。それだけさ――」

酔った芹さんから、この話、何度きいたことか。

あるとき、木村名人に、どうしたら将棋が強くなるでしょうか、と訊いた。

「ばかだな、お前。――酒、女、ばくち、三つとも好きなら、八段にはなれる」

芹さんは眼を細めていう。

「あとでだんだんわかった。呑む打つ買うが好きなら銭が残らない。いやでも本業に精を出す。名人は嘘はいわない」

木村、大山、升田、これら巨人たちは芹さんにとって、あらゆる意味の理想像だった。芹さんは、甘え、造反し、しかも俺がこれだけ心酔しているンだから、楯《たて》突いてもどこかで許してくれるだろうと思っている。連盟会長としての大山さんには、晩年特にごたすたしたが、そのしっぺ返しがくると、俺の内心の憧憬《しょうけい》をわかってない、といって怒る。

もう一人、囲碁の藤沢秀行。名人にもなり、ビッグタイトルで一番賞金の高い棋聖戦は特に強く、何連覇もした。古典的勝負師でスケールの大きい怪物だ。

もう数十年前のことで、時効だろうから記すが、暗黒街への借金が、当時の金で何億と噂されれた。こうなると銀行と同じで、暗黒街も秀行さんを潰《つぶ》そうとしない。競輪場に秀行さんが暗黒街の番頭を伴ってやってくる。私は近くの席から眺めている。秀行さんは大声だ。5↓1を百万、5↓2、5↓4を押さえで二十万ずつ、などといっているのがきこえる。もちろん一銭も出すわけじゃない。

番頭は心得て、穴場の方に歩いていく。が、実は自分の組のノミ屋に通しておく。レースが山場を迎えると秀行さんが、行け！　よし、そこだ！　怒鳴っている。ゴール前、そのまま、そのまま！　という秀行さんの絶叫。満面を赤く染めて一人で騒いでいる。一応は大枚百数十万円を賭けているのだから当然のようだが、なに、考えてみると、車券が当った場合、何億という借金からさっぴかれるし、はずれた場合、借金が少し増えるだけだ。つまり何も賭けていないに等しいのに、やっぱり全身で勝負している気持になりきっているのがおかしい。

鼻っ柱の強い芹さんが、この人物だけには頭をさげて、終生、兄貴として遇していた。

いつだったか、私がまだマージャン小説の阿佐田哲也の看板をあげていた頃、べろべろの芹さんを送っていって、住居近くで、

「――もう一杯いこうよ」

おそく看板をあげていた店で、ほとんど正体がなく、客とごたごたしたり。

その騒ぎがひとまずおさまって、呆けたような顔つきだった芹さんが、わりにはっきりした声で、

「――大手合を見たことがあるかい。阿佐田さん」

「いや、ない」

「見たくない――?」

「見たいな」

「あれは見ておくといいよ」

「将棋がろくすっぽわからないから、そんな門外漢が行っちゃ失礼だと思ってね」

「いや。わかるわからないじゃない。そんなこといったら、名人の試合をわかる奴なんかそう

何人も居やしない。碁でも将棋でもね、男と男があらん限りの力を出し合ってぶつかるんだ。美しいよ。残酷だし、豪壮だよ。人生なんてもっと甘い。あんな絵は他じゃ見られないよ」

「――そうだね」

「藤沢秀行、あいつは時の首相だって呼び捨てにするほどの乱暴者だ。その秀行がね、盤面に向かって白扇を三分ほど開き、それを額にこう当てて、長考に入る。あの形ったらない。人間がものを考えるという図は、こういうものかと、ただ納得する」

芹さんの、特に終りの言葉が印象的だった。後年、名人戦の観戦記をという話があったとき、おずおずと引き受けたのは、この言葉が頭に残っていたためだ。

私と芹さんの交友は、最初から将棋を介してではなかった。酒であり、ばくちだった。

その頃、外国のカジノの内密の出張機関が検束され、客があらかじめその機関に日本円を預け、証書を貰ってカジノではその証書をチップにかえて遊ぶ。もし勝てば、帰国してから勝った証書を出張機関に見せ、日本円で支払って貰う。それが外為法違反ということで新聞記事になり、ついでに有名人たちのカジノでの収支決算の数字が出ていた。秀行さんの名もその中にある。

いくらか案じて芹さんに電話すると、

「秀行はね、記者の取材に対して怒ったそうだ」

「――うん」

「天下の藤沢秀行が、そんな小額の負け金を発表されては恥さらしだ。ゼロを二つほど増やせ、って」

電話口で呵々大笑して、「いいんだよねえ、あいつ、粋だよ」

そのあとしばらくして、芹さんが日本の地下カジノで遊んでいて、検束とぶつかってしまったことがある。

芹さんは調書の係官に、

「俺は天下の芹沢博文だ――」と吠えたらしい。「お前のような小役人は相手にしない。署長を呼んでこい」

すったもんだの末、署長室に乗りこんでいって、

「俺は将棋さしだ。餓鬼のときから将棋とばくちで育ったんだ。お前等のような小市民とはちがう。ばくちぐらいにアヤをつけられてたまるか」

「カジノは法律で禁じられています。禁令を犯せば貴方は犯罪者です」

「犯罪者のなにがわるい」

秀行さんのようにうまくまとまらなかった。結局、田中角栄だの某宮家（いずれも将棋を教えていた）の名前など出し、

「宮家に電話して、芹沢を小ばくちで捕まえたが、どういたしましょうか、と訊け」

「――」

「その電話で、すぐに訊いてみろ」

いささか苦しいはったりで、ようやく逃れ出た。そうして後で私にこういった。

「俺が無冠の八段だと思って、なめていやがるんだ」

芹さんは、棋士、特に名人というものを、無上のものと思っている。世間はもちろん、芹さんほど将棋さしに想いを寄せていない。その現実にぶつかるたびに、彼は荒れる。勝てぬと知っていて、意地を張る。芹さんの内心の中では、ドン・キホーテのように、名人位というものの威光を、一人で世間に対抗して戦っている図柄があったかもしれない。ところが、芹さんは名人位を手中にしているわけでもなく、名人位への挑戦権すら無い身なのである。

私はこの図柄を笑わない。ただ、哀しいばかりなのだ。

4

酒色に耽って、あたら鬼才を駄目にしている芹沢博文。

放言と横紙破りで憎まれっ子の芹沢博文。

その芹さんが酒を断つという。二度目の喀血で危うく窒息死しそうになり、かつぎこまれた病院で、そう宣言したそうだ。このときも危機を切り抜けて退院し、競輪場に元気な顔を見せた芹さんは、まったくの素面で、その顔に青葉が繁るような精気が満ちていた。

「本当に、酒、やめたの――?」

「うん、やめた」

芹さんの眼が和《なご》んでいた。

「永久にじゃないよ。娘が結婚するまで。結婚式に親父として出てやる」

芹さんが眼の中に入れても痛くないほどかわいがっている和美さんに、恋人ができたという。

大野四段だ。俺の娘を盗《と》ろうって奴が出てきやがったんだ。ヘボ将棋さしがね。まったくなァ、娘が将棋さしと一緒になるとは思わなかったよ、と例の毒舌をふりまきながら、競輪仲間と一緒に私の仕事場にやってきて、皆でチンチロリン。

なんにも知らない女房が、芹さんの顔を見て、まずビールを出すのに、

「おい、やめろ――」

「どうしたの」

「芹さんは禁酒したんだ。そんな物、見せるな」

「いいじゃないの。禁酒なんかできっこないわよ。ビールぐらい」

ばかなことをいう女房に、

「奥さん、本当にやめたんですよ。ウーロン茶、ください」

その晩の芹さんを眺めていて、女房の芹さんに対する印象が、ガラリと変った。

「お酒を呑まないと、優しいのね。あんなにいい人と思わなかった」

「呑んでたって、優しいよ」

「だって目茶苦茶いうじゃない」

「目茶苦茶いっても、優しいんだ」

「俺は鼻つまみだって、自分でいってたわよ」

「本当は、誰も憎んじゃいない。中原さんや米《よね》さん（米長）や、森ちゃん（雛二）や勝ちゃん（勝浦）たちの眼を見てごらん。皆、芹さんを好きなんだよ。ただ、始末がわるいだけなんだ」

「始末がわるいのって、困るわね」

「しかし、人間は皆、始末がわるい。誰だって始末よくなんか生きられない」

その頃、二日と間をおかずに会っていた。というより、どこに遊びに行っても芹さんとぶつかってしまうのだ。

「酒、呑まないと、時間が余って困るねえ」

「そうかねえ、俺はだらだらしてるのが好きだから、なんとも思わないけど」

「そりゃ、阿佐田さんみたいに居眠りしてりゃ、退屈するヒマもないだろうけど」

芹さんは意外に早寝早起きで、七時というと飛び起きてしまう。

「芹沢流チンチロリンを発明したよ。サイコロを三個じゃなく、五個使うんだ」

五個で一度振り。いろいろな役を作ってあるから、たいがい一度で役ができてしまう。手っとり早くてスリルがある。

競輪仲間が皆怖がった。地方の競輪場に遠征したりしても、競輪で遊ばないうちに、仲間同士のチンチロリンでハコテンになってしまうのである。

その時期、芹さんは将棋の他に、文筆、TV、講演、歌の吹込、とマルチタレントで何が本業かわからないほど繁忙をきわめていた。そして、ばくち、女。競輪場にも講演先から駈けつけてくる。

好き放題に生きている。

いや、私流にいうと、この際、好きなことはなんでもやっておこう、という生き方。

しかし、その間、酒だけは見事に断った。

競輪仲間たちの間では、どこまで禁酒が持続するか、という話題がいつも出ていて、賭けている連中もあった。

それが、禁酒をずっと続けさせることはできないものか、という話題に変った。この調子で酒を断っていれば、鬼才芹沢が復活するのではないか。実際、そう進言した人たちも居たと思う。

「いや、娘が嫁入りするまでだ」

と芹さんはいい続けていた。

地方で競輪の大レースがあると、仲間を誘ってホテルを六日間予約し、昼間は競輪、夕方からは市中の店で車座になって呑み喰いし（まわりは呑んでも彼はウーロン茶一本槍で）、気が向くとカラオケバー、深夜ホテルに帰ってチンチロリン。

あるとき現地の競輪記者たちと一緒の席で、得意の〝憧れのハワイ航路〞でなく、自身吹込んだ〝野風増《のふうぞ》〞でもない。

〽灯りをつけましょボンボリに
お花をあげましょ　桃の花
五人囃子《ばやし》の笛太鼓
今日は楽しい雛祭り

これはよかった。競輪旅行とはまるで脈絡がないが、芹さんは家庭を愛する人であり、また実際にすばらしい家庭だった。

将棋のほうはどうだったかというと、利あらずとみるや早々に負けて、芹さん流儀の美学で恰好よく引きさがるということが多かったようだ。

やっぱり競輪場のスタンドで日向ぼっこしながら、

「凄い奴が出てきてね、谷川って小僧ッ子なんだが、こりゃァ凄い、キンタマに帆がかかってる。こいつァ名人になるね」

私と同じく将棋を知らない川上信定が、

「先生だって、昔そういわれたんでしょ」

「物がちがうんだ、俺とは」

「小僧ッ子の七段（当時）くらい、捻《ひね》っておやんなさいよ」

芹さんは、将棋を知らない奴にどう説明すればいいだろうというふうに、口をもごもごさせ、しかし、眼も顔も和んだまま、

「百年に一人って奴なんだよなァ」

順位戦で谷川と初対戦の夜、川上くんがなんとなく気になって深夜に電話した。

「――今、どこなの」

「ええ、池袋ですが」

「いらっしゃい。一杯やってるとこなんだ」

「もうおそいから――」

「いいからいらっしゃい。歓迎するよ」

勝負の結果なんかいっさいいわない人なのに、その夜は勝利の甘酒《うまざけ》のムードが部屋いっぱいに漂っていたという。棋界の人の言では、それはすごい将棋だったそうで、久しぶりに鬼の芹沢の面目躍如だったという。

「どうしてその夜に限って電話したかっていいますとね――」川上くんがいった。「その十日ほど前から、少しの間、競輪に誘わないでくれって、珍らしいことをいうもんで――」

5

ホテルオークラで、大野四段と和美さんの華燭の典が行われた当日まで、芹さんは見事に断酒した。そして待ちかねたように、式の途中からワインを呑みだした。

「芹さんが二次会で、荒れたよ」

と私は女房にいった。

「暴れたの——?」

「暴れたなんてものじゃない。はんぱじゃない酔い方だった」

「駄目ねえ。いくらかわいい娘を奪られたからって」

「でも、芹さんは娘に最大の贈り物をした。禁酒の約束を果たしたんだ」

「それが贈り物なの——?」

「わからないのか。娘が一人前になるまで、生きているという約束なんだよ」

それからの芹さんは、ワイン専門、それも高価なシャブリ専門。どうせ呑むならシャブリだ、といって朝からもう二本くらいあけてしまう。

「ワインは身体にいいんですよ。栄養もあるし。ワインを呑んでれば大丈夫」

「そうかなァ——」

と私は弱々しく笑う。なにがいいことあるものか。ワインこそもっとも肝臓にわるい。そんなことは、芹さん、百も承知だ。

「――ねえ阿佐田さん」

と競輪場で隣席の芹さんがいう。

「競輪場に来て、競輪だけしてるの、もったいないねえ。我々はどうせ余命がすくないンだから、レースの合間にチンチロリン、どうです」

私は眼をあげて芹さんを見た。そうして笑った。

芹さんときたら、自分が観戦しているレースだけではあきたらず、その日、同時開催している他の競輪場のレースまで、ノミ屋で買っているのだ。スポーツ紙を見て、

「えっと、今日は小田原と取手と、それから前橋か――」

忙しいことこのうえない。限られた時間で、楽しみを一滴残さず味わうように。

競輪場では飲酒してはいけない建前なのに、アイスボックスとワインを来賓室に持ちこみ、そこへまた暗黒街の親分やノミ屋が芹さんの名前で入りこんだりするから、主催者側はさぞ困惑したろう。

それで、夜は鉄火場。

そういうところへは、素人は誘わない。

「――阿佐田さん」

私はただ微笑で応じる。

けれども、シャブリを朝から夜中まで、日に七、八本ずつ呑んでしまうのだから、肝心のところで意識朦朧《もうろう》、勝負にもなんにもならない。持ち金を使いはたすと、すっと立って黙って帰って行く。

本業の将棋をさしていたって、早く競輪場に行きたい一心で、

「早くさせ、させば貴方の、勝ちになるゥ」

都々逸《どどいつ》を唄ったりする。カツンときた棋士がわざと長考したりすると、

「そんなに考えてると、こっちも本気で勝ちに行くぜ」

なんて。

顔色が急速に土気色になり、アル中だから、とか、癌《がん》じゃないか、などと匙《さじ》を投げている者が多かった。癌はともかく、アル中なんかじゃあるものか、と私は思う。断酒するとなったら、あれだけ見事に断てる人なのだ。

「観念的に、人は自殺できるものかなァ」

全然別の友人と呑んでいてその話になった。

「むずかしいね。そんなことできない」

「普通の人ならな」

「普通じゃないのか」

「天才なんだ。すくなくとも、天才としてしか生きられない人なのさ」

「じゃ、生きればいい」

「それが、そうはいかないんだ」

「――で、自殺か」

「生き急いでいる。その思い一色じゃないが、心の半分くらいを、それが占めている」

「――その男をどうにかしようという相談か」

「どうにもならん。とことんのところ、俺はそう思ってる。――ちがうかね」

その友人は黙っていた。

匙を投げる人が居る一方、真剣に案じる人も多かった。誰が猫の首に鈴をつけるか。いろいろな人がそれとなく進言したろうが、仲間の代表として米長九段がその厭《いや》な役を引き受けてくれた。だが結果は、芹さんから絶交を宣言されただけだった。

あと、誰か。将棋のお師匠の高柳八段すでに亡く、唯一この人ならと思う藤沢秀行さんは闘病中で、余分なことを頼めない。芹さんより年長だというだけで、私のところにも川上くんが来たが、私はうつむいたままだった。

「芹さんを死なせたくはないでしょう」

「――もちろん」

「じゃ、お願いします。なんとかして下さい」

「やってみるよ。だが、男は結局、自分の条理で生きてるからなァ。世間の良識や道徳が、それを説得できるとは思えんよ」

「――じゃァ、放っときますか」

「一生懸命やってみる。だが、後は、奥さん、お嬢さん、かな。あたしのために生きて頂戴、それがどのくらい通じるか」

6

初孫が産まれて、本当に身内が勢揃いして桃の節句を祝ったらしい。芹さんは嬉しそうに、孫を抱いた写真を皆に見せた。

けれども今年になって、あの頭脳明晰、八方に配慮のきく芹さんが、少し変った。仲間と一緒に居ても、同じ話ばっかりくり返す。必然的に座が白ける。人を笑わせることが好きな芹さんのために、川上くんはいつも初対面の人を座に配して、笑声をかきたてたという。

千葉の競輪ダービーのときに部屋をとったホテルで、

「シャブリを、あるだけ全部持って来い」

「――?」

「俺、将棋の芹沢」

「存じております」

「すぐにだぞ。五十本でも六十本でも、全部といったら全部だ」

芹さんはこういういい方をする人ではなかった。特に下働きの人たちに対しては、懸命に愛嬌を売る方だった。

たとえば、競輪場の穴場のおばさんたちが廊下などで、アラ、先生、などと声をかけたりすると、

「よぉ、元気か」

「元気よぉ、先生もがんばって」

「子供はどうした」

おばさんも笑いながら調子を合わせて、

「すくすく育ってるわよぉ」

「認知してやるからな。学校にあがる前に」

「おっほっほ、優しいのねえ、惚れ直したわよ」

「色男は、辛いねッ」

これが芹沢式サービスだった。その闊達《かったつ》さが失われてしまった。

どこかの和風旅館で、やっぱり徹夜で遊んだ末に、朝方二つ並んだ床に入って、

「——なかなか、死なないもンだねぇ」

不意に、そう呟《つぶや》いたことがある。

「そりゃそうさ。死ぬって大変なことだよ。芹さんは自分で思ってるより、頑健なんだから」

「阿佐田さん、死のうと思ったこと、あるかい」

「――前にね、こんな小説書いたことがある。死ぬときが来たら、うまく死のうと思ってね、ある男が、心臓を弱くする鍛練をはじめるんだ。ありとあらゆる不摂生をして、結局、身体じゅう全部わるくなったのに、心臓だけわるくならなかった」

「困ったねえ、それは――」

「俺ねえ、生きてるのが、いつも恥ずかしくってしようがないよ。マージャン小説で、アウトロウを書いててさ、主人公たちは勝負に命を賭けて、結局滅びて行く。誰かにね、お前、何故生きてる、っていわれてるような気がするんだ。インチキ、ってね」

芹さんは黙ってきいていた。

「だが、俺はきっと、長生きだよ。恥をしのんで、生きてるよりしかたがない。人生って、そんなもんだな」

「――この前、考えたんだ。俺も長生きしたらね」

と、芹さんはいった。

「どこかに仲間たちと共同で土地を買ってさ、老後は皆でそこに住む。カミさんたちは入れないよ。男だけだ」

「それもいいな」

「どこがいいかといってね、富士山と海の見えるところがいい。俺一人の考えだがね。俺、沼津生まれだから。沼津から船で行くとね、西伊豆の最初の出っぱりが、大瀬崎。あそこ、いいな。富士山が真正面に見える。川上だとか、仲間が八人、八角形の建物を建ててね。まん中が共同のリビング。一人に一室ずつ、個人用の部屋があって、淋しくなったらまん中の部屋に出てきてマージャンやったりさ――」

「芹さん、それ、本気かね」

「若い女中を三人、共同で雇ってね、面倒を見て貰う。だんだん皆、死んで行くだろう。最後の一人が死んだら、土地も家も、女中たちにくれちまうのさ」

「誰が、最後に残るかな」

「案外、阿佐田さんじゃないか」

「冗談じゃない。俺が一番年長だよ」

その後、しばらく連絡がなかった。なにしろ芹さんは何をやってもメロメロで、八方不義理を意識していたらしく、東京じゃないところで遊んでいたらしい。

地方の某市の市役所に乗りこんで行って、二十万円借りてきたとか、自治体から銭を借りたのは芹さんぐらいのものだ、という噂。

十二月十一日、やっぱり、その刻が来た。

「あなた、大変だったでしょうけど、もう、ゆっくり休んで頂戴」
と未亡人がいったという。通夜の祭壇で、あいかわらず肩を四角く張った芹さんが笑ってい
た。なぜか、将棋連盟葬でなかったが、門外漢の私にはそんなこと関係ない。芹さんが愛した
二人の弟分、中原誠葬儀委員長、米長邦雄副委員長、というだけで充分だった。
テレビの取材に感想を問われて、
「男の死に方だなァ、と思いました」
私はそれだけいった。

〔1988年「週刊小説」1月22日号初出〕

男の十字路

1

仕事で会った川喜多が、突然、こんなことをいいだした。

「――ところで、女房になってくれる女を探しているんですがねえ。心当りはありませんか」

彼はテレビ局のプロデューサーで、磊落《らいらく》で明かるい中年男だった。

「あれ、貴方、独身なの」

「子供二人抱えているもんですからねえ。今は郷里の親もとに預けてるんですが、進学の時期だし、こっちに引きとらなきゃならないんで、そうなると母親が必要だ。弱ってるんですよ」

「好みが、むずかしいんだろう」

「いや、好みは無いでもないが、今はまず、子供の母親になってくれる人、それが第一の条件です」

「それなら、居るじゃないの」

「居ますか」

川喜多は音楽番組のプロデューサーで、仕事上、夜が忙がしく、子供の世話との併立はむずかしそうに思える。それに酒呑みで、今まではやもめをいいことに適当に遊び歩き、マンションの掃除もしたことがないという。

しかし勤務先はしっかりしているし、花形職業でもあり、わるくないと思うハイミス女性は多いはずだ。特に近頃は離婚して孤閨《こけい》をかこっている女性も多いから、と私は簡単に考えた。ちょうど渡りに舟と思える女性が居て、まずその人を紹介しようと思った。

「待てよ。年齢はいくつだったかな。四十前後だがね」

「年齢はたいして問題じゃないです。とにかく、子供とうまくいってくれれば」

「とても尽くし型でね。かゆいところに手の届くようにしてくれると思うよ。掃除、洗濯、料理、これは保証できる」

「いいなァ。三つとも僕は苦手でね。ぜひ会わしてください。お願いしますよ」

その人は某という俳優と死別した後、あるタレントのマネジャーをやっているが、仕事をやめて再婚をしたがっていた。

「テレビ局なんて、口先ばかりでいい加減なことをペラペラやっているところですからね。そりゃ気性の合わない人にとっちゃ、辛いところでしょうよ。男の僕だって、ときどきやめたくもなるんだから」

「本来、家庭的な人なんだなァ」

「そういう人がいいんです。タレントについてるんなら知ってるかもしれないな。誰のマネジャーですか」

私はそのタレントの名前と、その女性の名前をいった。

「ああ——」

川喜多はかすかにうなずいた。

「顔は知ってますよ。あの人ですか」

「会ってみますか」

「そうですね。お願いします」

私は帰宅して女房にその話をした。

「そりゃ喜ぶわよ。早速電話してみようかな」

「喜ぶかどうかわからんぜ。彼女の好みにあってるかどうか」

「そんなに変な人なの？」

「いや、べつに変じゃない。いかにもテレビ局の人らしい明かるい男だ」

「それなら大丈夫よ。彼女、なにしろ欲求不満なんだから」

電話をすると、会ってみる、という。

「やれやれ、これで彼女の長電話から解放されるわ。こっちから切らないと何時間でもしゃべってるんだものねえ。淋しいのよ。子供でもいればともかく、一人でアパートに帰っても、心細くてやりきれないでしょうね」

「君は亭主が居てよかったな」

「居れば居るで、やっぱり不幸だけどね」

「キャリアウーマンとかいうけれど、自活するのは大変だからな」

「男なんて、ごろごろあまっているように見えるけどねえ」

「女だって掃いて捨てるほどいるじゃないか。どうにもならんのが」

ところが、翌日の昼すぎに川喜多から電話があって、昨日の話は、一応、無かったことにしてくれないか、といってきた。

「見合い、駄目だとさ」

「駄目――? どうして」

「どうしてだか知らん。理由をいわないから――」

「それなら昨日、どうして乗り気だったのよ。彼女、また落ちこむじゃないの」

「俺に怒ったってしようがないよ」

私には理由をいわなかったが、川喜多は、話がスタートしたとき同席していた知人に、亡くなった亭主の俳優に、彼女はまだとても気が残っているようで、ちょっと、といったという。

「そうなのよ、彼女、誰彼なしに、死んだ旦那の話ばかりしてるの。きっと職場でもしてるんだわ。馬鹿ねえ。それじゃ誰も世話しなくなるわ」

「死に別れより、生き別れを貰えっていうからな」

「でも、気が残ってるのとすこしちがうのよ。淋しいから口にするんで、新らしい人ができれば、すぐに忘れちゃうんだけど」

一方は子供を抱えて再婚したい、一方は亭主に死なれて男を求めてる、それじゃちょうどいいじゃないか、という具合に簡単にはいかないらしい。男も女も、ほとんどはどんぐりの背くらべで、選んだところでたいして変り映えしないのに。

2

それで、私はその一件を忘れてしまった。

ある夜、友人のピアニストのコンサートで川喜多に出会ったのだ。ロビーで煙草を吸っていると、彼に肩を叩かれた。

「先日は失礼しました」

「やあ——。なるほど、貴方がここに居ても不思議じゃないな」

川喜多は音楽番組のプロデューサーだった。

「ええ。しかし今夜は別の件もありまして。真田はるみさんの紹介で、このあと、ある人と見合いすることになってるんです」

「ははァ、それでめかしこんでいるのか」

「ネクタイを締めつけないんで、首を吊りそうです」

川喜多は床屋に行ってきたらしく、髪を小ざっぱりして香水の匂いをふりまいていた。

「カミさん探しも大変だね」

「なにしろ、子供たちがもう出て来ちゃったものですから。埼玉の僕のマンションは遠いもので、都心に部屋を借りてやって、なるべく早く帰るようにしてるんですがね、仕事上どうしても十二時前には帰れない。弱っちゃってるんですよ」

「で、その相手の人は――？」

「来てる筈なんですがね。まだどの人かわからない。女性の客が多いから、どの人も花嫁候補に見えちゃう」

川喜多は年甲斐もなく、額にうっすら汗を浮かべるほど上気している。

「まァ、ご成功を祈るよ」

コンサートが終って楽屋に廻ると、扉の外に川喜多が立っている。

真田はるみはウィーンに留学して賞もとった中堅のピアニストで、音楽大学の教授でもあり、自宅でもたくさんの弟子をとっている。

私の顔を見ると、

「ああ、ちょうどよかった。これから夜食を喰べに行くのよ。つきあって」

「これからお見合いなんだろう」

「アラ、知ってるの」

「川喜多君が廊下に立ってるよ」

「そうなのよ。あたしの弟子とかみあわせるんだけどね、見合いなんてあたしもしたことがないからさ。どうやっていいかわからないもの」

「そうか。貴方のところはハイミスがたくさん来てるんだな」

「つきあってよ。やっぱり男が仕切らないとね。あたしは面倒な気遣いしたくない」

「俺だって嫌いだよ。しかしべつに見合いに形式なんかないだろうから、面倒なことはないよ」

「だからつきあってよ。――ねえ、ねえ、川喜多さん」

と彼女は廊下に飛び出していって、私が同行すると川喜多に伝えてしまった。その間にも花束など持ってひっきりなしに弟子たちが出入りする。

その中で、動きが目立って不活発な女性が眼についた。真田はるみから一定の距離をおいて、なんとなく立っている。かなり緊張しているらしい。

私の視線をチラリと見て、はるみが察しよく、

「そうよ、あの人よ」

私ははるみに視線を返して微笑した。

「どう――？」

「わからんよ。本人じゃないもの」

彼女は立って私の耳に口を近づけて、

「――処女はまちがいないと思うわ」

「いくつ――？」

「三十八――」

私も煙草に火をつけるついでにかがんで、彼女の耳に口を近づけた。

「三十八の処女が、惹句《じゃっく》になるのかい」

「だって、ともかくそうなのよ。初婚ですもの」

「初婚だからって、証明にならないよ」

「そりゃ貴方みたいな不良のいうことよ。あたしたちの常識では――」

「音楽家の常識なんか、当てにならん」

「小説家の常識が、当てになるの？」

タクシーで、四人、夜のおそい六本木に運ばれた。私は急遽、川喜多の方の付き添いという形になった。

その店にも顔見知りのピアノトリオが居て、なにか改まった私たちに不思議そうな視線をよこした。

見合いの当人たちが若くないし、川喜多も話好きでよくしゃべったので、べつに気を使うこともない。私は黙ってタルタルステーキとワインの味を楽しんでいた。

そのうち、真田はるみが、彼女としては気を使って仲人口調になったのだろうが、ちょっとまずいことをいった。

「この方のお父さまも、お兄さまも、東大出でいらっしゃってね、お母さまの方のお家も京大の教授だったわね。係累《けいるい》が皆さん官学出なのよ」

「ええ――」と女性も頷《うなず》いた。「父がうるさいことをいいまして、東大出じゃなければ男じゃない、なんて」

「ひとつには、それでご縁が遠くなったのよね。あんまり選び抜くのもどうかと思うんだけれど」

「僕は私大だから、駄目だな」

「いいえ、何だっていいのよ」

とはるみは平生のぞんざい口調で、

「そんなことといってたら、永久に相手がみつからないでしょう」

話が少し途切れてから、川喜多がぽつんといった。

「そうだ、親戚に、ええと僕の母方の方に、東大教授が居ました。あ、それから三代ほど前に、明治の時分ですが、物理学の方で博士号をとったのが居ましてね。僕だけ、どういうわけか音楽が好きで、一族に変わった子ができたなんていわれたものです」

「教授でしたら、あの、家の方には――」

と女性が一族の来歴を続々といいだして、まるで学歴の自慢話になってしまった。

ようやくのことで、はるみが話をひき戻して、

「川喜多さんも、ピアノをなさるのよ。若い頃はそれで身を立てようとして、芸大を受けたくらいだから」

「そうですか。うれしい。あたし、ピアノだけはこれからも続けたいと思ってるんです。それじゃ、お宅にピアノがおありになるんですね」

「ピアノですか。まァ、今のところは手狭なんでね。ピアノはおいてないけど」

「ピアノぐらいお買いなさいよ。今、どこの家だってお子さん用においてあるわよ」

「ええ――。ピアノとなるとね。防音も必要だし、マンションじゃねえ」

3

その見合いも不調に終ったときいた。女性の方も、男性の方も、ことさら嫌っていたわけで

はなさそうだったけれど、会話が次第にちぐはぐになって、食事が終ったときは、双方ともに、幻滅の表情をしていた。

真田ひろみは、電話で、

「こっちはたくさん居るから、次々にくりだすわよ。そのうち当るかもしれないから」

といっていたが、ハイミスでのんびりピアノを習いに来る女性が、いきなり二人の子供の面倒を見きれるかどうか。女性の方は全然ちがう夢を見て来るのではなかろうか。

「やっぱり、初婚で、いきなり子供二人は、重荷なんじゃないかな。少し苦労をしたぐらいの女がいいんだろうがね」

そのあたりまで、私どもにとっては日常の小さな出来事にすぎなかった。子供をかかえた川喜多の切迫した状態もわかるし、いい女性を紹介したい気持は充分にあったが、世間にはそういう世話焼きはたくさん居るだろうし、結婚の仲介なんて仕事はおよそ私には不似合で、また得手でもない。そのうちに誰かが縁結びになって、なんとかなるんだろうと思っていた。

女房は女だから、女友だちとおしゃべりをするときなどに、その件を口にして、何人かのハイミスに実際にあたってみたらしい。

「呆れたわねえ。コトリとも反応がないわ」

「――なんの話だ」

「ホラ、花嫁候補よ」

「――川喜多君のか」

「近頃のハイミスって、皆仕事を持ってるからなのね。誰一人、結婚なんて眼中にないみたいだわ」

「そうかね。まァ、もっとも若い女だって、男より金を持ってるらしいからな。外で呑み喰いしたって、連れの男が払ってくれるし、一銭も金を使わずに遊べる。男はピイピイだが、女は銭を自分のためだけに使える。男女の賃金格差もあまり無くなったしな」

「あたしも仕事を持ってキャリアウーマンになってればよかった」

「今からだっておそくはないよ。自立する気なら――」

「駄目よ。もうお婆ちゃんで」

「年とってたってできる仕事もあるさ」

「どんなことがあるのよ。ビルの掃除婦なんていやよ」

「たとえば、料理の先生なんか、みんな若くないじゃないか」

「あたしが料理を人に教えるですって。あたしが教わりたいわよ」

「むろん、努力や勉強をしなけりゃ駄目だ。思いついて明日からなれる商売なんてない」

「料理は駄目」

「料理に限らんよ。考えれば何かある。頭を使わなくちゃ駄目だがね」

「じゃ、考えてよ」

「それじゃ自立にならん。自分一人でやるんだ」

「へええ、あたしは亭主のパンツを洗ったりしてあげてるけどねえ」

「それとこれとは別。君が、結婚なんかしないでキャリアウーマンになりたいっていうから――」

「そうだったらいいな、って話」

「だからそうしなさいよ。君はこの家を出て、一人で生活するんだ。もう誰にも拘束されないし、すべて自由。但し、誰も生活費は出さないがね」

「生活費はいただくわ」

「誰から――?」

「誰からって、あたしにそんな男が何人も居ると思ってるの」

「俺のことは忘れろ。君は結婚したことなんかないんだ。かりにあっても、もう離婚してるのさ」

「なんだかあたしを追い出したいみたいね。そういう気なら死ぬまで居てやるわよ。誰があんたの思うとおりになんかなるもんですか」

夫婦の会話というものの行きつくところはたいがいこんなところだ。特別に憎みあったりしていなくても、お互いに、拘束してくる相手をわずらわしく思っている。こういう結婚なんてものに、どうして期待を抱くのか、それは大昔から何代にもわたってくりかえされてきた疑問だ。

「しかし、先刻の話だが、俺はべつに結婚をすすめる気はないが、年をとってから一人で暮すのは淋しくはないかね」

「その頃はパートナーだって汚ない爺ィになっていて、世話ばかり焼けてしようがないわよ。一人の方がよっぽどせいせいしていいでしょうよ」

「ああ、そうか。でも、子供をほしいって人も居るだろう」

「子供は結婚しなくても造れるでしょ」

「人妻のわりにおそろしいことをいうね」

「私生児が差別されたのなんて、昔のことだわ」

「病気になったとき、困るぜ」

「お金さえあれば、大丈夫」

「そうか。そうすると、収入さえあれば、結婚のメリットはあんまり無いわけだな」

「メリットどころか、貧乏くじよ」

「――しかし、それは女ばかりじゃない。男だってそうだ」

私は憤然となった。

「何いってるのよ。あたしの青春を奪っといて。青春を返してよ」

「お互いさまだ。俺の青春も返してくれ」

私はなんとなく気になって、婚期を逸《いっ》したかに見える女性に会うたびに、結婚する意志があるのか、ないのか、訊いてみる癖がついた。

その結果、私の訊いた範囲では、あり、と答えた女性は一人もなかった。もっとも、なし、と明言した女性も居ない。

「ものすごいお金持で、うんとリッチな生活をさせてくれるンならね。考えてもいいわ」

「リッチな生活っていうと？」

「そうね。ヨットがあって、ハワイあたりに別荘を持っていて、召使いが二、三人居て、すくなくともBMWと運転手が私専用についていて――」

身のほどを知れ、といいたいのを我慢したが、考えてみると、彼女も、結婚したい、といったわけではない。結婚をするとすれば、このくらいでなくちゃいやだ、という希望をいっているだけだ。

ほとんどの女性が、結婚に反対なのではなくて、玉の輿でなければいやだ、という。どれもこれも、似たようなセリフで、ヨットに別荘にBMW、というのが必ず入っていた。女性の発言はいつも、見事に非個性的で、同じような調子になってしまう。

が、それにしても、川喜多のような男が再婚難におちいっているのも、よくわかるような気がしてきた。

4

ある夜、行きつけの銀座のバーの閉店後、ママと二、三人のホステスを連れて、深夜までやっている六本木のレストランバーに行った。その日は特別な理由があって、私の他にも常連が二、三人加わっていた。

栄子というホステス、といっても彼女は東大を出てスチュワーデスを二年ほどやったあと、ホステスに転身という、一種の才媛であったが、関西の土地持ちの息子と結婚することになったので、お祝いと送別の宴を開くことになったのだ。

婚家先は土地だけでなく何軒ものビルを持っていて、そこの一人息子だという。

たくさんの女性が、夢としてしゃべっていたようなことを、実現してしまった女性が居るのを、私も好奇の眼で眺めていた。

しかし、見たところは普通の女の子であって、特別にやり手だとか、セックスアピールに溢れているとかいうわけでもない。

景気よくシャンペンを抜いて乾盃したあとで、ママが他のホステスにいった。

「さァ、皆も栄子を見習って、玉の輿に乗らなければ駄目よ。うちの店じゃ一番新らしい栄子がまっ先にみつけてくるんだからね。コツを教えて貰うといいわ」

「ママだってどうぞ。ママの方があたしたちより先でしょう」

ママは銀座で珍らしく、スポンサー無しの自力で営業しているといわれていた。

「ママ、この前のお話、惜しかったのに」

「ああ、あれね。冗談じゃない。馬鹿にするんじゃないよ」

一座がどっと笑った。

半年ほど前に、客が持ちこんできた、結婚相手を探している老人の話があった。

妻募集。当方六十三歳。一部上場会社の社長で、初婚。

一部上場の会社といえば大企業で、そこの社長とあらば、六十だろうが七十だろうがすこしもかまわない。初婚というのがいささか不気味だが、とって喰うわけじゃなかろうから、これはママ、話に乗る手だよ、と大半の客がいった。

「変な爺さんかもしれないが、どうせすぐに死んじまうよ。初婚じゃ子供も居ないだろうから、ママは女社長だ。財産をすっかり相続できる」

「そううまくいくかな。六十三で結婚しようというのだから、何かの拍子に精力がみなぎっちゃって、あと二十年は、ぎんぎんに生きるかもしれない」

「そこをママの秘術で、やり殺しちまえばいいさ」

「そうか、やっとママも玉の輿か。俺、停年になったら、社員に傭ってくれよな」

しかしその一件には、すこしばかりの注釈がついていた。その社長は若いうちから、実の姉とできてしまって、事実上は姉と弟で夫婦のようにして暮してきた。そのため独身。ところが姉が七十歳に近くなって老衰し、使い物にならなくなってしまったのだという。それゆえの妻募集。

そうときくと、すうッと客たちが黙ってしまう。それから爆笑がおこる。

中には、

「いいじゃないか。すこし我慢してれば、姉さんも旦那もまもなく死んじまうよ」

「冗談じゃない。あたしが、その姉さんて人に呪い殺されちゃうわよ」

「玉の輿って奴はめったにないぜ。大金持になるのは大変なんだ。そのくらいの条件なら、男だったら誰でも行くな」

「男が、どうやってなるのよ」

「だから、ママが嫁に行ってさ、ついでに俺を養子にしてくれ」

その話が再び話題になって笑いを呼んだあと、誰かがいった。

「一人息子っていうんだから、爺さんじゃないな」

「三十六よ。狒々《ひひ》爺ィなんぞであるもんですか。ねえ栄子」

「しかし、初婚というのが、やっぱり不気味だな。——旦那に姉さんは居るかい」

「一人息子よ。第一、三十六の初婚なんてざらに居るわ」

「いや、金持の息子なら、降るように縁談があるはずだ。それをわざわざ東京の、バーのホステスに向うから話を持ちかけてくるというのが――」

「おかしいわね。それはあたしもいったのよ。でも、とにかく乗りこんで見る手よ。暮してみて駄目なら、すぐまた帰ってくりゃいいんだから」

「そう、あたしもそのつもりなのよ」

と栄子自身もいった。

「なんにしたって面白いわ。若いうちはいろんな経験をしとこうと思って」

「そうよ。ビルの一軒も貰って帰っておいで」

なんにしても、世の中が変ったと思わざるをえない。私自身はこういう会話をさして驚きもしないが、それは私がちゃんとした市民からはずれていて、半分やくざを自認しているからであって、世間の風潮と私ははっきりちがっている。

昔は、花柳界や水商売の気の毒な女性が、こういう発想をするのだった。ホステスといっても、栄子は学歴も並みの市民より立派で、家庭もちゃんとしている。それが、結婚というものの厳《いか》めしさを、まるで意識していない。

平和が続くと、皆が、物事を怖れなくなる。もっとも、男も今までは、かなり相手を軽視した態度で女房を選んできたのだ。

私はべつだん、男のために悲憤《ひふん》慷慨《こうがい》しようとは思わない。ただ、気の毒なのは川喜多のような立場の男たちである。

5

川喜多が二人の子供を連れて、ひょっこり私の家に寄った。長男が受験する大学を見に行った帰りだという。その学校は附近を通る私鉄の沿線にあった。

彼はいくらか痩せて、憔悴しているように見えた。

「疲れている感じだね。二日酔いかな」

「とんでもない。酒なんか呑んでません。近頃は深夜の仕事なんかできるだけ交代して貰って、子供のところに飛んで帰りますよ。朝は朝で、暗いうちに起きて弁当作りです」

「たまにはいいでしょう。規則正しい毎日って奴も」

「軍隊に入った感じですね。炊事、洗濯、買出し、まったく自分の時間がありません」

「君たち、もう大きいんだから、自分たちでどんどんやったら?」

「今まで、ほっぽり出してましたからねえ。手元に居るとなると、いろいろ心配で、大事な年齢《とし》頃だから、グレさせたくもないしね」

「再婚の件は、まだ見通しがたたないのかい」

「ええ。それが今度、ますます切迫してきましてね。本当に誰か居ませんかねえ」

「そうだねえ。こちらも気にはしてるんだけどねえ」

「下の娘の方が、贅沢をいいだしましてね。まァ親の眼からみても田舎の中学ですが成績は抜群だし、今まで親らしいこともしてやってないから、なんとか望みを叶えてやりたいんですがね」

某《なにがし》という名門の女子学園に行きたい、と娘がいいだした。その年頃というものは何かひとつのことに想いが集中するもので、彼女はその想いをかかえて、袋小路に入りこみ、めっきり元気がなくなった。何故かというと、その名門の学校は、両親が揃っている家庭でないと、絶対に入れないという。

「娘は来年受験なんですよ。あと一年、その間になんとか嫁を探さないと――」

「一年あれば、なんとかなるさ」

「いや、見合いしてすぐ入籍ってわけにもいきませんから、もう時間がないです」

「しかし、今どき、両親が居ないとなんて、そんな古めかしいことをいうのかねえ」

「志望者が多いから、何かでふるいおとさなくちゃならないし、それに名門なんて建前の世界だから」

「噂だけじゃないの。よくそういうことがあるよ」

「それは学校当局に確かめてみたわけじゃありませんがね」

その名門の学校で教師をしている友人を思い出した。同人雑誌をやっていたときの仲間で、今でもたまに小説を書いて発表したりしている。本を贈ってくれるので住所も電話も知っている。

「そういえば友人があそこに居るのを思い出した。その件をちょっと確かめてあげようか」

日曜日で、折りよく女教師は在宅していた。手短かに久闊《きゆうかつ》の挨拶をした後、

「ところで、来年、入学を熱望している娘さんが居るんだけど、一度、会ってやってくれないかな」

彼女は小さく笑っていった。

「貴方らしくないわね。学校の世話なんて」

「優秀な娘なんでね。俺もこんなことは苦手なんだけど」

「いいわよ。お力になれるかどうかわからないけれど」

そのとき不意に、私は思い出した。

「貴女、たしか独身だったね」

「ええ――」

「まだ、独身？」

「そうよ」

「よかった――」

「突然また何なの」

「いや――。お宅の学校は、両親が揃っている娘でないと駄目なのかい」

「そんな規則は無いわよ」

「そうだろう」

「でも、相当に不利なことは事実ね。うちの学校は家庭環境を重視してるの。でも表側からじゃなかなかわからないでしょう。だからふるいにかけるための暗黙の基準がいくつかあるんだけれど、その一つかもね。それに、生徒の父兄がうるさいのよ。変な家庭の娘さんが入ると、それに染まっていくからって」

「生徒には両親が必要だけど、教師は独身でもいいのかね」

「変ないいがかりね」

「ふとそう思ったからさ」

「独身はべつに、ふしだらなことじゃないわよ」

「片親だって、ふしだらとは限らんよ」

「あたしにいわれても困わるね。学校が定めることだし」

電話を切ると、私は破顔して川喜多の前に坐った。

「吉報、吉報。今の女の先生と見合いしてみる気はないかね」

「誰とだってしますがね」

「ええと、いくつだったかな。ひょっとしたら四十に届いてるかもしれない。でも、楚々《そそ》としたいい女だよ。なぜ結婚しなかったかわからんが、まじめすぎるんだろうな。学問一本槍なんだ。今でもきっと研究室の虫だよ。だから小説は、固すぎて面白くないがね」

「ぼくで、大丈夫ですかね」

「彼女だって木石《ぼくせき》じゃなし。夫婦なんて反対の気性が結構うまくいくんだよ」

「ぼくはどっちかというと、瘦せぎすのほうが好みなんですが」

「瘦せぎすなんだ。そんなことより何より、娘さんのことだって、義理の娘となれば親身に骨折ってくれるだろう。二つの問題がいっぺんに片づくじゃないか」

「そういうことなら、降って湧いたような良縁だなァ」

私は内心では、こんないいかげんなカルタ合せみたいなことで夫婦がこしらえられていいんだろうか、と思ってもいた。けれども、どんなに慎重に、誠実に縁組をしたって、駄目なものは駄目で、野合みたいな夫婦が末長く続くことだってある。

で、今回の見合いの世話は、わりに気が楽だった。二人とも知っているせいもある。川喜多のような陰のない楽天的な男が、彼女の好みのタイプだという勘もある。

「勉強ばかりしている女の子ってね、男にもまれてないから、いつまでたっても初心でね、子供みたいなところがあるんだよ。小説なんて書こうなんてのは、どこか育ってない一面を持ってるね」

その晩は、私がほとんど一人でしゃべっていた。真田はるみがうっかり失言をしてしまうのがよくわかる。上手の手から水が洩れてという奴だ。

「加納さんは（彼女は加納えり子といった）ところで、結婚する気はどうなの」

「——全然ないってことはないけど。今のところ面倒ですね」

「ということは、いい男さえいれば、するってことね。独身主義じゃないんだ」

「ええ。だけど、今欲しいのは、お嫁さんの方なの」

「お嫁さん——？」

「家事や、雑務をこまごまとしてくださる方。——どうして女が女房を持っちゃいけないのかしら」

「女房、ねえ——」

「男は女房を持って、家事もまかせておけるけど、女は女房を持てないわ。どういうわけなの」

「ますらお派出夫が必要なのか」

「そんなの現実にはないでしょう。あったとしたって信用できないわ。損ねえ。あたしも近頃は校務以外の仕事もあるし、女房一人ぐらい養えるんだけど、ねえ、いい秘書役の人居ない？男でも女でもいいんだけど」

「ふうん——」

私は川喜多のしょげたような顔にチラリと視線を送った。

「じゃァ、亭主は必要ないんだ」

「必要ないわね。これ以上、亭主の世話なんかで時間を割かれたくないわ」

「彼が、立候補しても、かね」

「――ああ、そういう意味だったのね。失礼なんですけど、はじめからその気はありませんの。べつに貴方さまだからいやだというわけじゃなくて、本当にその気がないんですの。あしからずご容赦くださいませ」

「――そういえば、」と私は話が途切れないように口を開いた。「十年ほど前にロンドンに行ったとき、向うでも若い人が結婚をしなくなったといって、社会問題化していたよ。女ばかりでなく、男もね。炊事、洗濯、掃除、いずれも分担でやるから、男が所帯を持ったって家事を小いそがしくやらなければならない。つまり、男にも、結婚でメリットがないんだな。やっぱりフライパンで淋しくハムエッグを作ったりしなくちゃならないんだから」

「で、どうなったんです。その問題は」

「どうなったか知らん。でも、その風が日本にも上陸したんだな」

「それは若い人たちで、ぼく等中年は、実に困るんですねえ。女房が居ないと」

「子供は子供で、自分たちでなんとかやってるんだろうけどね。大学受験の年齢になれば――」

「そうですよ――」と息子が答えた。「けっこう僕たちでやってるんですが、お父さんはそう思わないんです」

「インスタントラーメンに鳥のからあげか」

「うまいもの」

「うまいまずいじゃない。家庭の料理ってものはな、家族の栄養のバランスや健康を考えて作る。そういうものなんだ。外食で間に合うものか」

川喜多が、呑んで遊んでばかりいた半年前と別人のようなことをいいはじめた。

6

私は、なんであれ儀式のようなことは苦手なので、葬式をのぞいて、式というものをおおむね失礼させてもらう。その年の秋のはじめに、急遽敢行された川喜多の結婚披露宴も、そういうわけで欠席したが、出席した人の風評によると、なんであんな女と一緒になる気になったのか、ということであった。

その女性は銀座で長年小料理屋をやっていた人で、化粧の濃い美人だが、五十に近い。川喜多の行きつけの店の一軒だったそうで、水商売だろうと、年齢がいくつだろうとかまったことはないが、二人の子供が反撥して、家の中がうまく行ってないという。

焦《じ》れこんだ川喜多が背に腹がかえられなくなって、手当り次第に口をかけた結果なのだろう。

川喜多は、再婚の報告をしに来たときも、妻君を連れずに一人でやってきた。

「どうだい、調子は」

「いやはやどうも、さんざんです。おはずかしい」

「しかし、お店をやってたんなら料理はお手のものだろう」

「それがね、店の喰い物はうまかったんですが、本人に作らしてみると、駄目。研究心でもあればともかく、努力しないから、ただ腹が立つだけ。子供たちも喰いませんね。自分たちで外食したりしてるから、私が早帰りして作ってやらなくちゃならない」

「完璧な人は居ないからね。どこか一ついいところがあれば、よしとしなくちゃ」

「一つもありませんよ。見てくれだけ小綺麗にするが、見えないところはぐじゃぐじゃで、ゴキブリが這い廻ってます。いったい何だろう、あいつ」

「しかし川喜多の方だって、とにかく形だけ作るというところがあったんだからな。娘さんの学校は、これで不利な点が消えたわけだ」

「どうですかね。加納先生も、女房を見て呆れたような顔をしてましたから」

ところで、銀座のバーから玉の輿に乗った栄子は、半年たたぬうちに店に帰ってきてしまった。

「もう離婚か。早いね」

「そうなの。その息子ってのが、駄目なんですってさ。男じゃないんだって」

「不能かね」

「――でもないようなんだけど。栄子の話によると、辛抱できないって。金持の息子の癖に、月給二十万とかで、なんとか会社の研究室ってところに勤めているってんだから」

栄子はそれでも店の中で、何事もなかったように、にこにこしていた。

「栄子、そのうちまた、いい男が寄ってくるさ。気落ちしない方がいいぞ」

「がっかりなんかしてるもんですか」

ママが話をひきとった。

「栄子は焼けぶとりよ。慰謝料五千万とってきたのよ。たった三月《みつき》か四月《よつき》で五千万よ。いい腕でしょう」

栄子も笑いながらいった。

「またお話でもありましたら、よろしくお願いします」

「こんないい商売はないわよ。ちょっと、他の子たちも栄子を見習いなさい」

「それじゃ、知らん顔してその息子のところに、他の子がまた嫁《い》けばいい」

「それで半年で五千万にする？　でもねえ、ただメソメソして、一銭にもならずに放り出される子も居るんじゃないの？　大丈夫かなァ」

酒の上の話で笑い合ったが、私は川喜多のことを頭に浮かべていた。同じようにやり直しをしようとしても、川喜多は金を出す方で、想像するに、よほど無理をしなければ、そんな金が彼にある筈はないのである。

〔1988年「週刊小説」4月15日号初出〕

男の旅路

1

今年は天候不順で、やたらにうそ寒く雨がショボつきどうし。夏らしい夏もないうちに秋も深まってしまった。昔なら、飢饉年であったろう。なんでも、フロンガスというものが空の高みに張りはじめて、上空のオゾンを押しのけたかしたらしい。

梅雨の頃に雨がショボついてうそ寒い日があるが、そういう日が私は駄目で、特に五十歳をすぎてからは起きあがる気力もなく、一日ベッドに横たわったままじっとしているほかはない。今年は一年じゅう梅雨みたいな気候だったから、鬱屈してぼんやりしているほかはない。すると持病の神経病《ナルコレプシー》ものさばりでてくる。

かかるところへ、昨暮、すすめてくれる人があって、中国針のT先生の所に通いはじめた。週に一度、日時を定めて新宿のはずれまで通う。幸いこれが効果があったらしく、高かった眼圧がさがり、身体じゅうにできていたコレステロール系の小さな疣《いぼ》がすっとひっこんだ。

T先生はまだ四十歳前後で親切な人だが、時間にかなりうるさい。入口に、予約時間におくれた方は治療いたしません、と大書してある。三分ほどおくれると、二階の診療室の窓から首を出して、私が現われるのをいらつきながら待っている。なにしろ新患のときに患者が書きこむ用紙の特長欄に、ずぼら、と記してしまったくらいだから、毎週時間どおりに行くというのが奇蹟のように思えた。それが二三の例外をのぞいて半年も続いている。これは畢竟《ひっきょう》針治療が効力をあげているからであって、私のこの事例が、T治療院のなによりのPRになっていると主張しているのであるが。

だから針をやりはじめていなかったら、今年はどんな不調に襲われていたかわからない。大体、私は数年前から、今年の後半がなんとかしのげたら、もう少し先が開けてくるかな、と思っていた。しかしそれは無理で、今年いっぱいが私の寿命というものであろう、と折りあるごとに口にしている。五味康祐さんが、四柱推命かなにか易占をおやりになって、深い意味は知らぬが、なんでも、ある年の四月を乗り切れたら自分は長生きするのだが、とよくいわれていた。不思議なことに、その年の四月一日に亡くなってしまわれた。

私のは易占でもなんでもない。過ぐる年、大きな手術が二度続き、半年間入院した。特に二度目のは難手術だったようで、十中八九駄目といわれ、家の者は葬式の準備をしていたようで、それが名医と好運のおかげで生命をひろった。それから十二年がたつ。十二年というと、なんとなく節目の気がするから妙だ。

これも不思議なことだが、五十歳をすぎて死ぬことがあまり恐ろしくなくなった。ま、納得をするというほどではないが、死ぬときまれば存外にじたばたしないように思うがどうだろうか。死んでもいいから、うまく死にたい。

先日、11PMで、司会の藤本義一さんが、どんな死に方をしたいか、と訊くから、

「畳の上の大往生なんて死に方はしたくない。見た眼に汚ない死に方がいい」

「たとえば、どんな死に方?」

「電車に轢《ひ》かれるのなんかいいな」

そう思っただけで昂奮していい気分になってしまった。十二年前の経験に照らしても、病気で死ぬのは大変だと思う。事故死が、あっという間でよろしい。もっとも今すぐといわれると困る。

私はナルコレプシーという持病の代表例のようにされていて、生命保険は健康診断をするまでもなく入れない(この病気は生命を奪う種類の病気ではないのだが)。だからカミさんは、私が死んでも楽しみがないという。しかし、健康診断で合格していながら生命保険に入るというのは変な話だ。不合格になってから入ったっておそくはあるまいと思うが、そうなると保険会社が嫌がって入れてくれない。

2

ところで、先日、針治療の帰途、新宿駅の地下道を歩いていて、思わず、どきッと足を停めかけた。

家も家族も捨てたという恰好で、ダンボールを唯一の荷にして地下道で寝ている人たちが、近年また増えているようだが、その中に無縁でなかった人物を、ひょいと見かけてしまったのだ。

村木、——名前まで胸に浮かんだ。

私は足を停めずにそのまま人波に押されるように通りすぎてしまったので、ほんの一瞬の印象だが、写真の乾板のように胸に焼きついて固定している。

その老人は敷布代りのダンボールの上にうずくまり、背を壁にもたれかけ、膝のところで両手を組み、うつろな視線をコンクリートの床《ゆか》の上に落していた。ごま塩になった髪を短かく切り、着衣もひどく汚れてはいなかったが、かなり着古して袖口など垢で光っていたように思う。

四十年も前の一緒に遊んでいた頃はダンディで、紺のダブルスーツに赤い蝶ネクタイをしめ、髪もくろぐろとしてたっぷりあり、ポマードをこってり塗ってリーゼントにしていた。当時ほとんどの若い男は復員帰りで髪の毛もまだ伸びきっていなかったので、村木のリーゼントはひときわ目立ったものだ。

あの村木と、地下道の老人とは、一見、何のつながりもない。村木はいつも饒舌でにぎやかな男だった。たとえ浮浪者になろうともそれなりに騒ぎまわっているような気がする。

さらに顔だって、どこが村木と似ていたろうか。彼は色白でつるっとした肌をしており、もうその頃顎が二重になるほど贅肉がついていた。四十年もたって、陽やけして額に青筋など浮き出ている浮浪者を見て、あッ、と思い、それまで頭の隅にもなかった村木を突然思いだした。それが不思議で、だからまた、村木にちがいないようにも思われる。

彼、の方はどうだろうか。視線が下におちていて此方には来てなかったようだが、意外に見えているもので、どうだかわからない。此方も変り方が烈しいから、かりに村木だとしても気がつかなかったか。

そのとき駈け寄って、ムーさんどうしたんだ元気を出せ、などと名乗りをあげる気はほとんど無かった。私は怖いものに出会ったようにひたすら彼から遠ざかることばかり考えた。我ながら冷めたいものだと思う。もっとも村木とは、敗戦後の一時期、ばくち場でともに戦い、さまざまな思い出があるものの、友人とか仲間とかいう関係ではなかった。ばくちの仲間というのはそういうものだ。

それに、彼に何かしてやれるとしても、ごく通りいっぺんのことしか私にはできない。皆、泥舟に乗っているようなもので、人を救うなんて力はない。

それにしても、やっぱり暗澹《あんたん》とした気分になってくる。

家に戻って、入浴している最中も、放心したように坐っていた彼の姿が頭から消えない。

本当に、村木だろうか。

私はあの頃一緒に遊んでいた誰彼を思い出そうと努めた。当時もっとも親しくてばくちだけの友人ではなかった田浦は、沖縄に居るはずだが住所も電話もわからない。あと、名前と顔がすぐ出てくるのは、趙という台湾からの留学生。これは外交官になって日本に来ているという葉書を貰ったことがあるし、なつかしい男なのだが、下の名前を失念してしまって電話がかけられなかった。

あとは、ほとんどがかなりの年長者ばかりで現在九十歳を越す人ばかりだ。第一、遊び仲間というものは特別のことがないかぎり住所も職業も知らない。

もう一人、私より七つか八つ年長だが、都留徳一、定年間近かで会社を勇退するあたりまでは知っている。都留と村木は当時たしかに接触があった。以後、交際を続けていたとは思えないが、村木のことを電話で話題にする値打ちぐらいはあるだろう。

私は古い名刺類や電話簿などを探しまくって、都留の電話をようやく発見し、ダイヤルを廻してみたが、この電話番号は現在使用されていません、という声が返ってくるだけだった。そうなるともう手がかりのつけようがない。なにしろ四十年も会っていない男のことなのだ。

村木は紙のブローカーだった。当時、闇ブローカーは景気のよい職業の代表であり、特に紙だとか繊維製品は糸ヘンといって札束が乱れ飛ぶ世界といわれた。もっとも私は村木がどの程度の規模の商売をやっていたか、実際には知らない。

が、いかにも景気よさそうで、仕事が勢いに乗っているように見えた。彼は昼も夜もばくち場に陣どり、小忙しく電話をかけ、取引と称してちょこちょこ外出しては戻ってくる。そのたびにどこと契約したとか、いくら儲けたとかにぎやかにしゃべる。そのわりに張りは細くて計算もしっかりしており、いわゆる旦那遊びではない。

こんなことがあった。村木が生卵と砂糖を大仰に抱えてきて、ばくち宿の主人に、

「マスター、パン焼き器、あったろ」

当時、小麦粉にイースト菌を加えてパンの素を作り、手製の木の箱に電熱をしかけて代用食にパンを焼いていた。

「今から、カステラを作って、喰うだよ」

「そうかい、じゃ、うちもコーヒーの粉を寄付しよう」

とマスターがいう。

村木は器用な手つきで卵と粉と砂糖をボールにとき、箱に流しこんで、

「長崎カステラって、子供の頃、よく喰ったな」

やがてカステラが焼きあがる甘い匂いが部屋じゅうにこもった。そうして村木はナイフで切りとっては、うまいうまい、といいながら一人で残らず喰った。ついに、マスターの家族にも、

集まっていたばくちのメンバーにも、喰えといわなかった。

「うふっふ、俺、急にカステラが喰いたくなると、とまらねえんだよ。どうかしてるなァ」

おどけた様子でそういう。しかし誰も笑わない。そういうふうだから、若くて、景気よさそうで、色白でハンサムなのに、誰からも人気がなかった。村木はそんなことに頓着しない。一番にぎやかだから、一見、人気者に見える。

「日本人じゃないんだろう、あいつは」

という意見も出たし、

「あいつの前歴を知ってるか。美術学校出だなんていうが、とんでもない、中野学校だよ。スパイだったんだ」

遊び場で銭の不義理をするわけじゃないから、経歴詐称だろうがかまわない。

噂はいずれも単なる噂の域を出ない。だが独身、というより天涯孤独なのは確からしかった。村木をそのばくち場に連れてきた海老原という老相場師がそういった。村木はその老人だけには一目おいていた。

「家族もないし、自分の家もないんじゃないか。ばくち場に居ないときは、吉原あたりで女を抱いて寝てるんだって、見たわけじゃないがね」

「家もないのか。徹底してやがるな」

「ないないづくしさ。ひょっとすると国籍もじゃないかね」

「へええ、面白いね」

「面白くない。だから俺は、奴だけには金を貸したくないね。皆さんも、あまり深まにならない方がおためだぜ」

3

その遊び場は日本橋に近いせいか、株屋が多かった。それから戦前戦中を通しての旦那族の生き残り、ブローカー、遊び人。一番年若がまだ未成年の私と学生の田浦。一番堅気に見えたのがサラリーマン風の都留。

もっとも私たちは夜のフダごと(花札賭博)には資金不足のせいもあってあまり参加せず、昼間の麻雀でもっぱら小遣いを稼いでいたし、都留も昼間組だった。サラリーマンのくせに昼どきすぎるともう来ていた。しかし夜までは絶対に居ない。本格のばくちは私にはまだ早い、といっていた。だから夜のメンバーは私たちに麻雀で負けても、子供に小遣いをくれてやった、ぐらいに思っていたのだろう。

都留は九州の方のどこかの村の地主の息子らしかったが、いかにも九州っぽい精悍な顔つきで、勤め先も、名前のとおりのいい一流会社だった。もっとも彼はアマチュアの囲碁の方で準決ぐらいまでは楽に勝ち進むクラスで、その会社にもアマ碁の選手としての名を買われたらしい。だから実業団の選手みたいなもので、午后はサボっても平気だったのか。

そんなわけで、堅気といっても、勝負事には関心が強かった。少し後のことだが、四角くきちんと坐って、はじめて花札を、折り目正しい手つきで引いた姿が頭にはっきり残っている。

あの頃はまだ乱世が尾をひき、皆けっこう荒っぽく生きていた。一度くらい失敗したって、にィさん、若ェんだから案じることはないよ、この銭でもう一回、会社を立直してまわりをあッといわしてみろ、なんて無雑作に札束を放ってくれる人が、それほど珍らしくなかった。銀行なんて、あんまり信用していない。それにインフレで、いつまた新円統制があるかわからない。今とちがって、そこここに、現金を唸るほど握ってる人が居たのだ。

嘘か本当か、村木がそういう話を持ってきた。

「あのね、元陸軍の少将でさ、一発、金を出してやろうってのが居るんだよ。少将ったって、終戦のときの少将だから、まだ若いぜ。軍の品物で、この数年でごってり儲けた人だ。皆、手があいてるなら一丁やってみるか」

そこには株屋の海老原老人と、都留と田浦と私と、あと二三人の常連がいた。

「やるって、何をさ」

「何でもいいんだよ。会社を作るんだ。俺が社長だよ。でもドンブリ勘定でもいい。それぞれ何か伝手《つて》があるだろう。それで会社を通して品物を動かす。儲けりゃ皆でワッと遊ぼうよ。つまり、皆、どうせ本業があるんだから、小遣いを浮かす会社を作ろう。ばかばかしいよ、本業で汗水たらして稼いだ金でばくちなんか打つのは」

「損したら、どうする」

「損すれば、その、元軍人の資金がへるだけさ」

「俺は乗らないよ、これ以上働らくのはまっぴらだ」と海老原老人がいう。

「働らくって、電話を二三本かけりゃまとまるんだからさ。ブローカーなんてそんなもんだよ」

「ムーちゃん一人でやれ。俺たちはムーちゃんの稼ぎを喰うよ。麻雀で」

「一人って時代じゃもうないよ。これからは会社の時代さ。ねえ都留さん、いい話だろ。金から何からお膳立ては全部俺がするんだ」

私と田浦は未成年だから、話の対象外だったかもしれない。しかし誰も乗る奴はなかった。

「僕は勤め人で、他に会社をやるなんてわけにはいきませんよ」

「会社ったって、机を一つ借りて、電話と女の子を一人おくだけなんだ。看板を出すわけでもなし、登記するわけでもない。幽霊会社みたいなもんだよ。都留さんがここに顔を出すヒマがあれば、その途中でちょっと寄るぐらいのことでいいんだ」

「そんなことでうまくいきますか」

「いくんですよ。万一、儲からなくたって少将閣下の銭が喰える。いや、俺ねえ、今まで一匹狼で仕事やってきたから、こんなとき、信用できる仲間が居ないんだよ。会社は俺一人じゃ作れない。都留さん一度、少将閣下に会ってよ。名前だけだっていいんだから、とにかく会社を作っちまえば、こっちのものなんだから」

それから村木は、都留を誘ってちょこちょこコーヒーを呑みにいくようになった。都留も巻きこまれて乗り気になったようで、村木と一緒に呑み廻ったりしていた。

貸し机に女の子一人というのが少しふくらんで、文房具屋の二階に部屋を借り、募集で社員を二人いれ、村木が社長、都留と少将閣下の娘が役員。私も一度、畳の上にカーペットを敷いた事務所に寄ったことがあるが、娘が大柄な美人だった。しかし、二度とそこには寄れなかった。

一週間しないうちに、村木が逐電してしまったのだ。元閣下の金は一銭も残されておらず、事務所と人間だけがむなしく残った。

もともと居所不明の村木を探しようがなくて、都留は娘と一緒に私たちの居るばくち宿に来て、むっつり坐りこんでいた。もちろん村木がそこに現われるわけはない。

都留がその後始末をどうつけたか、くわしくは知らないが、多分、九州の実家にでも泣きついたのではないか。もっともそのかわり彼はその大柄美人を女房にした。都留は、村木に仕かけられた傷手よりもずっとその女房に満足していたようで、我々のばくち場に女房同伴で来て、出前のラーメンを二人で半分ずつ喰べたりしていた。

ばくち場に女房を連れてくる趣味というのは説明しにくいが、多計子さんというその女房もおっとりしていたし、なにしろ都留はそこに出入りする男たちの中で、どこに出しても通用する名刺を持っている点では一番だったから、年齢は若いが都留さんと、さんづけで立てられている。ばくち場でもハバがきくところを女房に見せておきたかったのかもしれない。

4

都留には、折り目正しい反面にそういったところがあった。田舎の坊ン坊ンだが、囲碁はもちろん勝負事もなかなかシビアな手筋を放ち、何をやっても弱くない。金払いも綺麗でけっして借金を長引かせるようなことはない。おりおりの世間話にも筋目の正しい意見をはさむ。我々のばくち場では唯一のインテリだった。

ところが、勤め人社会の中に入るとどこかチグハグだったらしく、会社では能力を認められるどころか、とっくにはずれ路線で、アマ碁の方の実績だけですがりついていたらしい。そうして都留が何よりご機嫌になるのは、自分がいかに世故に長《た》けていて抜け目のない男かということを披瀝するときだった。

ブローカーや遊び人たちが、都留の知恵を求めて相談しかけると、得意がって悪知恵を授けたりする。彼のお人好しを一同いずれも知悉《ちしつ》しているというのに。

物堅いようでもあり、遊び人のようでもあり、なかなか魅力的な人物ではあるのだが、大敗はしなくても、平均して堅気のサラリーマンの小遣いの範囲を越したマイナスを抱えていたと思う。

その始末は都留の故郷の親族が負担していたか、多計子夫人の実家の方の負担になっていたか、それはわからない。都留はそういう内輪なことはいっさい口にしない。

けれども、ツイてなかった夜に、こういったことがある。

「ほら、こんなに一生懸命やってるんだから、わかるだろ。けっしてだらしなく遊んでるわけじゃないんだ」

女房にそういったのだ。そうして私たちにも、

「女房を連れてきてると、負けたときに気が楽なんですよ。彼女も一部始終を眺めてるんだから、仕方ないと思うでしょう」

下品な男たちは、女房に観戦させておいてサインを飛ばしあっている、という者もあったが、多計子夫人はおっとりと坐っているだけだ。

「——だって、家に一人で居るよりいいんですもの」

都留が負けて、こわばった形相で帰るときも、

「負けたの——?」

小声で一言いうだけで、素直に後に従う。勝った夜には、

「お父ちゃん、何かご馳走して」

仲のいい夫婦だったが、なぜか子供がなかった。

村木が逐電してから三年ほどした頃、後楽園競輪場で四五人の男たちと一緒に車券を買っているのを見かけたことがある。男たちは一見して悪相で、村木も色白の点だけは変らなかったが、眼つきがはっきり荒れていた。もうその頃はブローカーの時代は終って、ヤミ成金はもろくも元の木阿弥の素寒貧に戻っていた頃だ。スタンドの四五段上から村木の後姿を見ると、油こってりのリーゼントに頭垢《ふけ》がだいぶついているのがわかる。

村木には声をかけなかったが、都留にはチラリとそのことを伝えた。

「へえぇ――」

都留は不快そうにそういっただけだった。都留のプライドを傷つけるような過去にあまり触れたがらないのだろう、と思っていたが、都留と村木はその後も、どの程度かはわからないが、接触があったらしい。

多分、村木に大きな貸しがあるはずの都留が、逆に村木にたかられ、厳然と拒絶もできず、その結果なめられて回を重ねるという感じではなかったろうか。

それを知らないで、都留が大負けした夜、

「こんなとき、ムーちゃんでも現われたら精算がつくのにね」

慰めたことがある。

「あんな悪党から、金がとれるものか」

都留は吐き出すようにいって私の方に顔を向けた。

「ぼくは堅気ですからね。できることと、できないことがありますよ」

そのときすでに都留は、別の大きな傷を村木から受けていたのだ。もちろん都留が口外したわけではない。妙なもので噂というやつが廻り廻って流れてくる。

都留がばくち場に来ている夜、村木が留守宅を訪ずれた。多計子夫人が扉をあけると、都留とここで会う約束だから待たして貰う、という。

村木はあがりこむと、茶はいらないから水を一杯くれ、といって、注射器をその水で洗った。そうして彼女の目の前でヒロポンを打った。

沈黙したままの彼女に向かって、

「どうだい、一本、打ってみるか」

といったという。拒絶の仕方もおっとりしていたかもしれない。とにかくわずかの間に村木が凶暴になり、どうしても打ってやるといってもみ合いになり、悲鳴ぐらいあげたろうが、どうにもならない。途中から注射器はどこかにはね飛んでしまい、凌辱されたという。

「都留さんはどうしてそれを知った？　奥さんが告白したのかい」

「アァ。——見ていたわけじゃないからね。とにかく都留さんは知ったんだ」

別の男がいった。

「注射器と、ヒロポンのアンプルが残ってたんだとさ。——都留がその晩帰ると、電気もつけないで、まっくらな部屋に奥さんが坐っていて——」

「見てたわけじゃあるまい」

「たしかな話らしいよ。奥さんが、マスターのかみさんに泣きながらいったってさ」

しかし、都留が村木に対して真っ向から戦争をしかけた噂をきかない。凌辱が事実だとして、村木のやり得になってしまったのではないか。

都留はさすがにいっとき荒れて、深酒してばくち場に現われたりした。今まで手を出さなかった花札ばくちに加わったのもその頃だ。その種目をひととおり呑みこむと、たちまち彼はのめりこんだ。

紺のスーツのまま四角く坐って、眼を細めながら一投一打を楽しんでいる都留の、靴下に穴があいていても誰も笑わない。

その頃、彼は本社から子会社の方に出向を命じられているが、私生活がその因ではないと思う。何日も寝なくとも、朝になるときちんと髭をそって出勤していく。

しかし小一年ほど戦って、今度はかなりの借金を作り、ある夜、改まって一同に向かい、

「これで僕はやめます。これ以上はできません。もちろん借金は近いうちにすべて精算しますから、もう誘わないでください」

堅気としてはここが限度と自覚したようで、十日ほど休暇をとって故郷へ帰り、普通の感覚では巨額の負債を残らず払った。そうして誰が誘っても、二度と出てこなかった。

そのときすでに多計子夫人とは別れていたらしい。

都留はその前年あたりから、アマ碁戦にも出ていなかった。そうして子会社もまもなくやめた。

私のところに電話がかかってきて、

「僕も出直します。もう不惑の年齢も近いですからね。ここらで一発長打を打たなきゃ」

碁を教えている先の社長づきの私設秘書になるという。その社長が選挙に出たがっていて、その参謀もかねているということだった。そんなことが、都留さんにできるかな、と私は思ったのだが。

それに兼ねて、青山に碁会所を出すといった。私に電話してきたのは、その碁会所の客になってくれという意味だったろう。

行ってみると、わりに広い店で、都留は英国製だという皮のチョッキなど着て、姿よく店内を飛び廻っている。一隅に小さなカウンターがあって、軽食やコーヒーができる。中に女性が居て、

「僕の新妻。すべて新規巻直しでね」

と都留がいった。

その女性は年齢は若そうだったが、見栄坊で美人好きの都留らしくなく、見てくれがもうひとつ映えなかった。

5

碁会所は二年続いたかどうか。都留自身アマ碁に出なくなったせいもあって、客足も尻すぼみになったのだと思う。

それに出たがり屋の社長の方も選挙に落ちたうえに、金《かね》ヘン不況のあおりを喰って会社が潰れてしまった。そういうときこそ碁会所に力をそそぐべきだったかもしれないが、都留としては碁会所のおやじでおさまりたくはなかったのだろう。

といって一旗あげるほどの力もないはずで、碁の方の筋を頼って再就職でもしたか、碁会所がなくなる少し前から没交渉になって、都留のその後はつい七八年前まで何も知らなかった。

突然、すっかり禿《は》げあがった都留が電話をくれ、訪ねてきた。彼は老人になっただけでなく、別人のように腰が低くなっていた。

丁寧な口調で一別以来の挨拶をし、

「実はあたしもね、いよいよ実業界を勇退することになりましてね――」

あれ、実業家だったのかな、と思って名刺を見直したが、会社名のほかに、肩書は、参与、となっているばかりだ。

「勇退といってもね、このとおり身体は健康で、ヒマになったらろくなことはやりません。ご存じのとおりね。それで、どうせなら、かねてやりたいと思っていたことをやって、一旗あげてみたいと思って」

「はァ、どんなことですか」

私は笑いをかみしめながらいった。

「出版です――」

「出版――?」

「はァ。貴方にそれでお知恵を拝借したり、助けていただきたいので、まかり出た次第なのですが」

「出版、ねえ。――なかなか、むずかしいですよ、昔から水商売といって。近頃は特に資本戦争でもあるし。パトロンでも居るんですか」

「それが穴なんですよ。あたしのような貧乏人でもできるんだ」

「どんな出版――?」

「ギャンブルの雑誌です。貴方、書店を廻って研究しましたがね、ギャンブル雑誌は一冊も出とらん。これは穴でしょう」

「おやめなさい。成功しません」

「何故。競馬競輪、麻雀からポーカー、パチンコまで、全国でギャンブル人口は何千万、いや、もっとかな。その一割が買ってくれても、数百万部は売れます」

「一割もなにも、誰も買いませんよ」

都留は不服そうに黙って煙草に火をつけた。

「なぜ、ギャンブル雑誌がないか、それはね、競馬でも競輪でも、あらゆる意味で当日予想紙の実利性に勝てないのです。月刊誌でも週刊誌でも記事がおそくなって、駄目。ギャンブル読物で売るといっても、いい書き手も居ないし、第一、ギャンブルやる人は雑誌なんか読みません。都留さんだって読まなかったでしょう。わるいことはいいません。せっかくのお金をなくすことはない」

「しかしねえ――」

都留は未練たらしくいった。

「やってみなければわかりませんなァ」

「それは水ものですからね。でも九割九分駄目です。今まで成功例がありません」

「しかし、退職金なんて、安閑として老後が暮せるほどの額じゃないんです。何かやらなければならないんでね。といって、掃除夫や銀行の小使には、急にはどうも」

「一瞬で無くすよりはまだいいでしょう。とにかくその案はおやめなさい。わるいことはいいません」

「ギャンブルなら、あたしだってすこしは蘊蓄《うんちく》もあるし、いけると思ったがなァ」

ぶつぶついいながら帰っていったが、思いきりのわるいところが年をとった証拠だったかもしれない。

まもなく、一か八か、やってみることにしました。坐して死すより、船出してみて——という都留からの葉書を受けとった。

それが七八年前——。

私は大掃除をするようなつもりでひっかきまわして、その葉書をみつけたのだが、前記したように、目下不使用中。

心安い編集者に、ギャンブルという雑誌の電話がわかるかね、というと、

「ああ、そういう雑誌あったが、とっくに潰れたぜ。五年くらいで潰れたんじゃなかったかな」

すると、どこか陋巷《ろうこう》で気勢あがらず逼塞《ひっそく》しているかもしれない。私はなんとかして、村木の現況を都留に知らせてやりたくなった。

古いいいかただが、やっぱり悪は栄えず、直接復讐しなくとも、ちゃあんと天は村木を滅ぼしている、といってやりたい。都留を喜ばせることはそのくらいしかない。

そう思いつつ、探す手がかりもなくてそのままになっていた。

私が住んでいる駅から私鉄に乗ると、空いた車内を向うから近づいてきた老婦人があって、

「しばらくでした。都留の昔の家内でございます」

といった。私は挨拶もそこそこに、村木の現況を伝えた。多計子さんなら、都留に話したも

同然なのだ。

「そうですか——」

彼女の返事は弾まなかった。

「それで、都留さんの消息はおわかりですか」

「ええ、まァ——」

「どこにお住いです。都留さんにもこのことを知らせてやりたくて」

「都留は悪あがきして、雑誌をやって失敗しまして——」

「ええ、それはぼんやりときいてますが」

「わたしのきいた範囲では——」

彼女はちょっといい淀んだ。

「無一文になった時点で、奥さんの所を追い出されて、関西に行ったとか。本人がそういって出たらしいんですが、まもなく大阪で、昔の会社の人がみかけたそうで」

「大阪ですか。一人でねえ」

「それから半年ほどして、その方からお便りをいただきました。都留は亡くなったそうですの。——大阪駅の地下道で」

地下道で、という言葉が、ひときわ大きく私の耳の中でこだました。


〔1988年「週刊小説」10月14日号初出〕

赤い靴

1

京浜急行のA駅のそばに、小汚いが、ちょっとうまいラーメン屋があったそうである。夜明け近くまでやっているので、エリーはときどき、迂回して立ち喰いしていく。

昼間は寄ったことがない。エリーが知ってるのは夜中だけ。いつも、むっつりとした若者が一人でやっていて、その彼の話によると、十一時頃までは父親がやっているという。

かなり通って馴染んでからだが、彼がぽつんといった。

「俺が働こうとしないから、親父にきついわれてるんだ。なにかやれって。まァ、どのみち夜は起きてるからね」

「働くの、嫌いなの——？」

「——関心がない。関心がないことするの、嫌だ」

「そうだねえ、それはわかるねえ」

とエリーもいった。

「あたいも女だからねえ。女のすることってきまってやがんの。だからあたいもそう思ったよ」

「ねえさんはえらいよ。ちゃんと働いてるじゃないか」

「そう見える――？　あんまりちゃんともしてないけどねえ」

「踊るの、好きなのかい」

「わかるの、あたいの仕事が」

「わかるさ」

「どうしてかねえ。あたいなんか、トルコの女に見えない？」

「赤いアタッシェケースを持ってるだろ。それから赤い靴――」

「ああ、そうね」

「赤いアタッシェケースは芸人の証拠さ。ヌードショーの子はみんな、それ持ってる」

「くわしいんだね。あんた」

彼はたぎる湯に水を足しながら微笑した。

「俺も、舞台に立ちたい。ねえさんみたいに」

「へええ――」

照れたようにバケツを持って水を汲みに行ってしまう。舞台に立ちたいって、とエリーは呆れた。あたいはヌード劇場だけどね。

水汲みから帰ってきても、彼はしばらく口をきかない。

「――好きなんだったら、なれば」

「俺が裸になっても銭くれないよ」

「そりゃヌードは無理だけどさ――」とエリーは笑って、「なにができるのさ」

「――なにもできない」

「――なァんだ、ただ、思うってだけね」

しかしエリーはこうも思った。あたいだって半年前までは、西も東もわからなかったんだけど。

「思ったんなら、今、なんだってあるし、テレビだってさ」

「なにもできないもの」

「習えばいい。誰かのお弟子になったっていいし」

察するに、彼はそういうふうに積極的に押しかけたりは苦手だし、器用でもなさそうだ。そのくらいはエリーでもわかる。いくらか無責任に、

「やりたいことをやった方がいいわね。どうせ行儀よくしてたって、大臣になれるわけじゃないんだから」

といって店を出た。その後、何度か店に行ったが、客が他に居るせいもあり、特に関心があったわけでもないので、話がその先に行かなかった。そのうちプロダクションの指令で、エリーは九州を廻ることになった。

小一年たって東京に舞い戻ってから、その店の前を通るが、いつも閉まっていた。

舞台に立ちたいっていってた彼、どうしたかな、若いくせに陰気で、いかにも花の咲きそうにない風貌が、ふっと眼に浮かぶ。試みに昼間、迂回してみた。店は開いていて、彼をもうひとつ泥臭くしたような初老の男が一人でやっていた。

「——息子さんどうしてるの、元気？」

「ふっと出て行ったきり、戻って来ねえです。どこでなにをしてるんだか」

そういったきり、とりつくしまもない。父親も息子に似て、愛嬌がない。

どこかの芸能事務所に首を突っこんで、旅でも廻ってるのか、と思った。それでいつのまにか忘れてしまった。

2

ポー、とその小屋では呼ばれていた。入れ替ってくるヌード嬢たちは、はじめのうちだけ、進行さん、と呼んでくれる。慣れるとすぐに、ポーちゃんだ。進行係といっても、つまりは楽

屋の雑用ボーイで、

「ポーちゃん、牛乳あっためて」

とか、

「煙草お願いね、マイルドセブン。それとカレーパン二つ」

とか、

「スパンコールがどっかにいっちゃった。探してよ、ポー」

という調子だ。

給料なし、雑用（食事《ぞうよ》）つき、夜は裸さんたちと一緒に楽屋の隅っこで寝る。

小屋主のつもりでは、いくらか空気になじんだところで、もう少し便利に使うつもりだったのだ。裸さんはよく穴をあける。穴埋めのコメディアンを雇う余裕はないから、その間、ポーに何かやらせる。そう思っていたらしいのだが、まもなくそんな考えを捨てざるをえなかった。まったく珍しいくらい、ポーはなにもできないのである。あがり症なのか、不器用なのか、それ以前に舞台音痴なのだった。

なんかやって、つないで来い。

といっても、二分くらいで、へどもどしておりてきてしまう。

「この野郎、どうしてつないでないんだ」

「しゃべることが、ありません」

「なんでもいいんだよ。ワイ談でもやってこい」

「はい――」

ちょこちょことまた出ていって、何かしゃべる前に自分で笑ったりしている。さまになる初心《うぶ》というのもあるが、ポーのはさまにもなんにもなっちゃいない。

踊るか、唄うか、声帯模写、手品、曲芸、逆立ち、でんぐり返し、あくび、しゃっくり、おならなんだっていい、真似ごとだって時間はつなげるが、応用の才もないし、臆面もなく見せようという度胸もない。

もっとも以前とちがって、端役からはじめて少しずつ慣れていくということができない。男の先輩が居るわけじゃなし、こういうところではじめから客を呑んではったりをぶちかまさなければならない。

「どういうわけのもンだろうねえ。あいつ、芸人志望だって、よくこんなところへ飛びこんできたもんだな」

「でも、いいじゃないの。悪ずれしてなくてさ」

あたしが買いとってヒモにしてもいいわよ、という裸さんが居たりする。けれどもその方も音痴らしくて、一緒に寝ていたって、壁の方を向いて小さくなっているだけだ。そうなるとこの世界では、かえって気味わるがって、誰も手を出さない。

あっさりクビにならなかったのは、雑用係としてはけっこう使えたからだ。誰に何を命じられても嫌な顔ひとつしないで働く。むしろ、それで楽屋における自分の存在理由ができたように嬉しそうだったりする。

「あたいンとこへ来ないかい、養子でさ」

といいだした初老の裸さんが居た。

「たいして銭もないが、煙草銭ぐらい不自由させないがね」

ここがいいよ、とポーがいう。

「そうかい。お前、親はどうしてるんだい」

「ラーメン屋やってる」

「飛びだしてきちゃったンだね」

「ああ――」

「罰当りだねえ。なんでこんなところがいいのさ」

「芸人がね、来ては去り、来ては去り。それ、眺めてンのがいい」

ポーは重い口でそういった。

その彼が、一転、変った。どう変ったかといっても、べつにつぶしが利くようになったわけじゃない。チェリー桜という変な名前の天狗入れポンの子に、ボケーッとなったらしい。楽屋の隅っこに坐って、誰かが小用を頼んでも返事もせず、チェリーの方ばかり穴のあくようにみつめているのだから、これは誰にだってわかる。

一度、彼女から、

「何見てるのよ。楽屋だって木戸銭とるよ」

と怒鳴られて、それからこっそり盗み見という形になったが。

「ポーちゃん、駄目よ、あの子は――」

と皆が一応忠告する。

「フランス人形みたいにかわいいけどさ、見たってわかるだろ。入墨もんもんのおにィちゃんがついてるじゃないか。あんた、高望みなんだよ」

「それにさ――」と他の子もいう。「注射打ってるじゃないの。あんな子、藪枯らしだよ。寄ってくと、みんな枯れちゃうよ」

「見た眼ほど若くないよ。十八九に見えるけど、化粧おとしてごらん。いい姐御だから」

「二十四だっていった――」

とポー。

「おや、もう手を出してるんだね」

「ちがうよ。怒鳴ってごめんね、って、彼女、そういったんだ。怒鳴りでもしないと、ヒモが妬いて、あんたになんかするといけないから、って」

小屋主をはじめ、皆が、結局は好奇の眼でみつめはじめる。なにしろ、今まで、バカで不能なんじゃないかと思われていたポーだから、ちょっと見直す感じもあったのだ。

チェリーはポーに似て無口で、楽屋でもぽつんと一人孤立していた。自分の場所に、じっと寝そべっているだけだ。そうしてときどき、もんもんのおにィさんに注射を打ってもらう。おにィさんは注射を打つ以外、何もしない。普通のヒモは小働きをするが、彼は注射を打ってやる以外、ただ酒を喰らってオダをあげてるだけだ。

夜、これも皆一緒だから、すみずみまで知っているが、チェリーはほとんどしない。おにィさんは酔っておそく帰ってきて、そばで寝るだけ。

その頃は十日替りで楽日《ラク》の夜、ヒモは表の事務所でギャラを受けとり、あわただしく荷物をまとめ、マイカーのあるスターさんをのぞいて大方は夜汽車で次の小屋に向う。

チェリーの荷物は、ポーがまとめた。化粧台の横に、踵の折れた赤い靴が転がっていて、

「これは――?」

「――よかったらあげる。とっといて」

おにィさんの合図で、お世話になりましたァと小さく会釈し、そのときはポーがもう荷物を持っていて、

「駅まで持ってってやるよ」

いつものように骨惜しみなく、先に立って小型タクシーをつかまえた。

「俺も、連れてってておくれよ」

車内で、そういった。

「あんたが――？　一緒に？」

チェリーはびっくりして、横のヒモの顔を見た。

「芸をやるよ」

「芸って、あんた、なんにもできないんでしょ」

「隠してたけど、一つあるんだ。それ、やるから。――雑用《ぞうよ》だけでいいよ。ノーギャラで――」

チェリーは再び横の男を見た。彼は無言で知らん顔をしている。

3

信じがたいことだが、ポーは、もんもんの兄ィに、とうからうちとけていたのだ。楽屋風呂に一緒に入っているときに、

「立派な彫り物だね」

と一言いった。

「そうかい、お前、物のわかってる奴だな」

兄ィは白い歯を見せて、誇らしそうに背中を彼の方に向けた。

「皆、入墨だっていいやがる。入墨は罪人のものだい。彫り物っていってくれる奴はめったに

居ない。嬉しいね」

一言の効果が大きくて、それから楽屋でも酒をついでくれるようになり、ポーがチェリーに熱い眼を向けてもなんにもいわない。もっともそれ以上の仲になって、失業の危機になったらどうかわからないが。多分、注射の関係で自信を持っていたのだろう。

岐阜の小屋の事務所で、ポーは生まれてはじめて、芸の売り込みというものをした。

彼はビニールのレインコートの頭の部分を、頭巾のようにかぶっていた。そうして直径一〇粍ほどの鉄の棒を持っていた。

「タネも仕かけもございません――」

といって彼は頭巾をとり、裏返しにして何も入っていないことを示した。

それから、いきなり、鉄の棒で力いっぱい自分の頭を殴った。ごつん、という鈍い音がした。

事務所の男は、唖然としてポーをみつめていた。

恰好がつかなくて、彼はまたいった。

「鉄の頭です。殴ってみてください」

鉄棒を渡されて、男はちょっと逡巡した。

「力いっぱい、やっていいのかね」

「ええ――」

仕かけはないといったが、頭巾をかぶる以上、なにかネタがあるのだろうと思ったか、遠慮なしに、殴った。

ポーは哀しそうな眼を大きく開けて、じっとしていた。

「なんてことないな。面白くもおかしくもねえ」

「あたいがからむのよ――」とチェリーが助け舟を出す。

「はじめはあたしが殴るの。で、次は客に殴らせる。前口上ももっとあってね。時間で伸び縮みは自由だし、便利よ」

「試してみよう。ノーギャラだぜ」

楽屋に荷をおいてから、

「最初、あたしが殴ってから、頭巾をとって、タネも仕かけもありません。ね、それから客をあげて殴らせる。その方が段どりがいいでしょ」

チェリーも人が変ったように雄弁になっている。

「でも、本当に、大丈夫なの」

「――親父に、いつも殴られてたから」

頭に触ってみると、瘤らしきものができている。本当に殴ってるんだ――、彼女はなんとなく感動した。

「すッごいねえ、ポーちゃん」

アイアンヘッド・ポー。

それが芸名。はったりきかした方がいい、という兄ィの意見だ。

初日に、一緒に舞台でやってみて、チェリーは自分がなんで感動したか、ひょいと気がついた。

この人、こんなことやってまで、一緒に来たかったんだ。あたいと一緒にさ。

そのことをいうと、ポーは白い歯を見せただけで、なんにもいわない。

「あたいなんて、そっくりあげるよ。惜しかないんだよ、こんな身体。あんたが欲しいんだったらさァ」

「――兄ィにわるいよ」

「遠慮ばっかりしてるんだねえ、あんたって」

チェリーはこれまで、遠慮する人間なんて、実際に見たことがなかった。皆、欲しいものにはどかっと手を出す。

思いきって、兄ィの前で啖呵のひとつも切って、俺の女にするから、退《ど》きねえ、かなんかいってくれたら、あたいも、お前はクビだよ、どこへでも行け、っていってやる。そりゃ腕っ節じゃ負けるだろうけど、一緒にぶちのめされたっていい。鉄棒の芸なんて、あたいが居ればさせないし、あたいだって、注射もやめて、普通の女の幸せみたいなものを味わえるかもしれないよ。そうしたら、うんとつくしてやるのに。

そんなことまで思ってしまうのだが、遠慮されるとどうしていいかわからない。自分の態度が定められなくて困るのだ。

肝心のポーが、どうしたわけか兄ィとも妙に気が合って、二人でつるんで焼酎を呑みに出かけたりする始末なのだ。

遠慮って、何なんだろう。

あたいの勘ちがいなんだろうか。

ポーは前の小屋のときと同様に、皆の雑用を快く引き受けて、重宝がられている。

しかし、鉄棒の芸は受けなかった。

「すッごい芸なのにねえ——」

チェリーは一人で口惜しがるのだ。

「裸見にくるような客には、わからないのよねえ。もっと立派な、大劇場で一度、やらせてみたいよ」

けれども大劇場の客だって、実に難解な芸だったろう。チェリーが精一杯、はったりをかましてアイアンヘッド・ポーを紹介しても、貫禄をつけるでもなく、スタスタ出て行って、いきなりガーンとやるのだ。

チェリーとしては、

「この人、あたいに惚れて、一緒に居たくて、こんなことやってるのよ!」

と披露したいところなのだが、そうもいかない。

客は、笑って対応すべきか、感心するべきか、なんだかわからなくて、ただ唖然としている。おしまいに淫猥なサゲでもあって、どっと笑わせてくれるかと思って見ていると、二回、殴られて、よろめきながら退場してしまうだけなのだ。

そのくせ主演者は、数日しないうちに頭全体が瘤だらけになっている。なにしろ一日四回興行、土曜の夜はオールナイトで、二度ずつ殴られるのだ。

「あたい、もういやだよ。殴り役なんてできない」

とチェリーがいいだした。最初の感動は、すこし曖昧になってきたが、それ以上にポーが哀れでたまらなくなってきた。

「ねえ、ポーちゃん、もっと何か、他の芸ないの。こんなことしてたら死んじゃうよ」

ポーは考えこむような恰好で、黙ってる。

「ねえ、何か他の芸しなさいよ」

「鉄棒の芸、やるよ。俺、好きだよ」

「こんなことする芸人、他に居ないだろ。俺だけの芸だ」

とポーはいった。

「注射、打ってやろうか」

と兄ィがいう。

「注射打てば、痛くないかな」

「ああ、天国だよ。痛くなんかねえさ」

「勝手にしなさいよ。あたいもう知らない」

ポーは、自分の頭陀袋の中から赤い靴を一足出して、チェリーのそばにおいた。

「皆のくれる小遣銭で、靴屋に持ってって直してきたよ」

「——これ、いつかあげた靴——?」

チェリーはその靴を抱いて頰につけた。

「あんた何なのよ。あんたみたいな人、本当に見たことない——」

4

ポーのことなんか頭の隅っこからも消えてしまった頃、その本人が事務所に入ってきたので、例の小屋主は眼を丸くした。

「お前——、まだ生きてたのかよ。どうしてたんだ」

「なつかしいです、おじさん」

「おいおい、お前におじさんていわれるおぼえはねえよ」

ポーは瘦せて、どこか宙を眺めるような眼をしていた。

「もっともな、お前におじさんていわれて、俺が、おいおいっていってりゃ世話はねえ。叔父甥の仲みてえだ」

「俺、芸名があるんだ」

「芸名——?　お前が?」

「アイアンヘッド・ポー」

「なんだ、そりゃァ、プロレスか」

「出させてください。前と同じ条件でいいから」

「駄目駄目。男の芸人なんかいらねえ。それでなくたって不景気で、客がおちつかねえんだ。お前なんか出したら、客が皆出てっちゃうよ」

「知らねえんだな、受けたの」

精一杯にはったりをかまして、

「関西じゃ、俺の名前を知らねえ奴はいないです」

「じゃ、関西に行ってくれ。うちじゃ知らん」

ポーは口をとがらせて、胸の中の息を吐きだした。

「——進行でもいいですよ」

小屋主はそれで笑った。

「まァしばらくごろごろしてな。そのうち芸人の口でもあったら紹介してやるから。そうだ、白黒ショー——お前じゃ駄目だな。一日四ステージだものな。男タレントが不足してるんだが」

ポーは楽屋の隅に自分の荷物をおいた。毛布で巻いた例の鉄棒はその後の板壁にたてかけておいた。

それで以前と同じく皆の小用を甲斐甲斐しくやりはじめたが、以前ほどには皆に好感を持たれなかった。

はい、という返事とともに、骨惜しみなく動くのだが、どうもおかしいのである。煙草の銘柄が違っていたり、胃散を、といわれて眼薬を買ってきてしまったり、外に出たとたんに忘れて、空しく手ぶらで戻ってきたり、やることがほとんどハンチクだ。

皆が、口には出さなかったけれど、頭が少しおかしい子だ、という扱いをした。

左手にしびれが来るらしく、雑用の丼類なんか、右手はちゃんと運ぶが、左手でよく落したりする。

小屋主もその様子に気がついていた。

「ポー、お前、そろそろ親もとに帰らなくていいのか」

「うん――」

「ずっと帰ってないんだろ。お前、こんなことしてたってな、しようがないよ。芽なんか出るもんか。親ンとこへ行って頭下げて、おいてもらいな。その方がいいよ」

ポーは恨めしそうに小屋主を見上げて、俺を追い出したいんだろう、といった。

ちょうどその頃、レズチームの一人が急性盲腸炎で医者騒ぎをおこしたことがあって、

「ポー、すぐ支度ができるか」

「え――？」

「お前のその芸ってやつを、やってみな。客をダラすんじゃねえぞ」

小屋主が事務所に戻っても、次の景がはじまった様子がないので、また楽屋に戻ってみると、ポーが横になっていた。

「注射打ってくれって、皆のところを廻るのよ。やっぱりあの子、ヤク中だったのね」

「なんでもいい、ポー、早く行け、舞台が穴があいてるんだ」

ポーが舞台に行ってしばらくすると、客席が、うわッ、うわッという騒ぎになった。小屋主がすっ飛んでいくと、元力士かと思うばかりの巨漢の酔っぱらいが舞台にあがって、鉄棒をびゅんびゅん振り廻している。

その鉄棒に追われて、ポーは右に左に、必死に舞台を逃げ廻る。巨漢はよろよろと追っては鉄棒を振りおろす。まったくあれに当ったら殺されてしまうだろう。客席では、馬鹿笑いする者、闘牛を見るごとく昂奮して怒号する者、唖然としている者。ポーは芸人の顔を捨てているが、それでもこのまま袖にはひっこめないと思っているのか、鬼ごっこが無限に続いている。

5

近頃は芸人の移動は、飛行機が多くなって、週末の羽田空港など、地方の仕事をこなす芸人たちのラッシュになる時間帯がある。

ストリップ劇場のタレントたちは、まだそこまでいかない。けれども新幹線は常識になった。終発にまにあうように仕事を打ちあげて、その夜のうちに次の小屋に到着してしまう。京浜地帯にはけっこう小屋数も多いから、ときによっては四組も五組も、渡り鳥のように移動していくこともある。

新横浜駅の構内で、痩せた若者がひょこッと出て来て、

「ご苦労さん、荷物持ちましょう」

皆の荷物をひったくるようにして自分のところに集め、うんうんいいながら階段を昇って運んでくれる。いわゆる赤帽かと思ってチップを渡そうとしても、金銭はけっして受けとらない。毎晩である。けれども普通の旅客には見向きもしない。サービスの対象は、幕内の者だけに限られている。

それでヌード嬢たちにもずいぶん馴染みができた。

「どうしてわかるのかねえ、あたいたちの商売を」

「臭いがするんでしょ。前に、どこかの小屋に出てたんだってさ」

「じゃ、芸人なの」

「そうなんでしょ。ただね、頭がすこしおかしいの」

「でも、なんでサービスしてくれるの」

「知らない。ヒマなんじゃないの」

エリーは、仲間たちのそんなささやきを耳にしながら、なにげなくその若者に眼をとめていた。

すりきれそうなジーンズに、赤いシャツ。その赤も、エリーが持ってるアタッシェケースと同じ色だ。

そのとたん、ふっと思い出して、彼女は若者のそばに寄った。

「アラ、ラーメン屋のにィさんじゃないの」

若者は顔を向けたが、

「——ちがうよ」

「そう、にィさんのお店に、前、よく喰べに行ったんだけどなァ」

「俺、芸人だよ」

彼はにべもなかった。

「そう。それでもうやめちゃったの」

「いや――、今、空家なだけさ」

エリーはもう少し訊こうとしたが、

「ホラ、もう列車が来るぜ。ここいらが乗降口だから、こっちに荷物を集めよう」

彼自身も先に立って動く。

エリーたちが列車に乗っても、彼は去らなかった。手を振りながら進行方向に少しの間ついてきた。一緒に行きたいぜ、とでもいうように。

〈1988年「オール讀物」1月号初出〉

青年

1

「――すみません、名刺を忘れました」

と、独得ののろい口調で、青年がいった。

「上着を替えてきたら、ポケットに入ってません」

甘えるようにそういい、にコッと笑い、ちょっと頭をかいた。伴ってきた香住がチェッというような顔をした。

名刺など貰わなくてもいっこうにかまわないが、商売にタッチしていて名刺（或いは名刺入れ）を忘れるという人はわりに珍しいのではあるまいか。

それが佐竹くんとの初対面で、かれこれ十四、五年も前になる。まだ学生でもあったはずで、まっくろに日焼けし、長身で骨太なわりに童顔で、耳の奥に垢がたっぷり溜まっていそうな感じだった。

要するにまだ社会人になりきらない、昔なら、書生さんと呼びたくなるような若者だったのだ。で、小さなエラーの二つ三つは気にならない。私も二十歳すぎの頃、極端に早熟の所と晩熟《おくて》の所とが同居していて、訪問先でよく恥をかいたりしたものだ。名刺どころか、就職のために訪れたのに履歴書を忘れたことが二度も三度もあった。
十四、五年前のその頃は、ちょうどヴィデオデッキが出廻りだした頃で、映画やジャズやショー関係のヴィデオテープを収集することに凝っていた。子供の頃、世界中の映画がすべて自分の家に保管されていて、毎週、番組を作成し、知人を集めて観てもらう、というのが私の夢だった。16ミリのフィルムならば、以前からそれを売る会社もあり、不燃性なので家庭でも簡単に映写できるが、安い物でも一本十五万から二十万はする。たくさんの種類を揃えたいので、私などには高価すぎる。
一本数万程度のヴィデオテープの時代になって、夢の実現の可能性が開けた。まだその頃は日本の企業は手を染めていないので、アメリカのヴィデオ企業や販売店のカタログをとり寄せて発注する。むろん日本語字幕がないので、セリフ劇よりもミュージカルとか喜劇が多くなる。映画だけでなく、ジャズやTVショーのテープまで手を伸ばした。この方はアメリカでも需要がすくないので販売店でも扱ってない物が多く、製作会社も零細で、代金を送っても品物をよこさないことも多い。多くは古いフィルムの海賊版で、取締りにあって会社そのものが潰れていたりする。コレクターとしてはそれもまた面白いということもある。

あるとき、都心のビルの地下街の廊下で、ガラスケースを二、三個並べてヴィデオテープを売っている学生たちを発見した。店というより大道に物を並べて売る感じだが、サラリーマンたちが物珍しそうに足をとめては眺めている。

その中の一本を買って、ついでに声をかけた。

「なかなか素早いね。ひょっとしたらこれは新種の商売として発展するかもしれない。今のうちに先覚者としての地歩を固めておくといい」

そのとき店番をしていたのは、一応代表となっている香住で、映研のグループ四人ではじめたのだが、一人脱落し、今は三人でやっているという。映研というだけあってなかなか勉強しているらしく、一本ずつのテープに、邦題と簡単な内容を記した紙片がそえてある。しかし日本人の反応はまだうすく、客は東京在住の外国人の方が多い。

私は都心に出るたびに彼等の店に寄って無駄話をするようになり、まもなく彼等を通じてテープの発注をすることになった。成田まで受け取りに行く手間も省けるし、通信事務も代行してもらえる。

そのかわり私の知識の範囲内で相談相手を買って出た。彼等は劇映画に関してはわりに勉強していたが、その他のショービズにはくわしくない。で、私のコーチに従って仕入れる。

だんだんと日本の客もつきはじめ、小さなその店は活潑化していた。三人の中で一番事業欲

に燃えているらしい香住が、私にこっそりと、

「共同資本でもう少し本格的な店をやってみるおつもりはありませんか」

と打診してきたほどだ。

その頃、香住ともう一人の横地は交代で、ロスやニューヨークを往来していた。私の印象ではほとんど佐竹一人が店番をしている。

君は販売担当かね、というと、ぼくは英語が駄目ですから、という。しかし店には外人客も多いのだ。

佐竹は商売に向くタイプとは思えなかったが、照れくさそうに小首を傾げて白い歯を見せながら、とろい口調で、しかし親切に応対する。どんな題名をいわれても迷わず一直線に手が棚にのびて品物を出す手つきなど、口調に似合わず形がきまっていた。

「彼は、ホモかい」

というと、香住も横地も唇を結んで即答しなかったが、

「たまに、客の外人からサインを受けることがあるって、そういってました。それこそ半分冗談で」

「わかりませんよ。なよなよしてるからホモだなんて限らないからね」

「でも、女にさわらないと気が狂うって感じはしないなァ」

「あの口調はどうしてだろう。小さい時の病気とか、何か原因があるんでしょうか」

「彼は自分のこと、あんまりしゃべりませんから」

「とにかく不思議な青年だね」

「いじめ甲斐があるっていうか、そういう奴って居るでしょう。退屈したときにからかってみたくなるような奴が。佐竹は煙草が嫌いなんですよ。煙草の煙が大の苦手。それで二人でわざと煙を吹きかけるんです」

「顔をしかめながら、じっと黙ってて、そのうちトイレの方へ逃げていきますよ」

「何もいわずにか」

「でも、まともに反応してることはわかります。だから次々にからかいたくなってきて、べつに何の怨みもないんだけど」

2

私の家と同じ方向とかで、佐竹がテープを届けてくれるようになって、他の二人より親しさが増した。来ると必ずあがりこんで、世間話をしたり、一緒に食事をしたりしていく。人なつこいが、彼の笑顔は甘えているというより、はずかしがっているのだとわかった。自分が生きていること自体がはずかしくてしようがないというふうで、だから私のそばに居ても中学生のように畏まっている。そうして何の話をしても、まじまじとした表情で熱心に聴く。聴き手としては最上の客だった。

その頃、印象的だったのは、駅前まで彼と一緒に歩いていく途中で、大きな猫が轢かれて死んでいた。すると佐竹が、弁当をくるんだ新聞紙を開いて手早く猫をくるみ、このうえ轢かれないように道の端にそっとおいた。

彼は無言で歩きだしたが、あとでカミさんにその話をした。

「あの人優しいのよ――」とカミさんもいった。「うちのチワワだって、彼には一度も吠えずになついたわ。彼がくるとすぐ膝の上に乗っちゃうもの」

あの人はどんなお菜を出しても綺麗に喰べてくれる、だから好き、あの人なら養子にしてもいい、とカミさんはいう。

「だって、身体ごと洗濯してあげたい感じだもの」

カミさんは短兵急だから、それとなく知人の娘を紹介したらしいが、娘の方が関心を持たなかったという。

「ねえ、佐竹さん、女の子、欲しくないの」

「――欲しいですよ。そりゃ僕だって」

「じゃァ、好かれるようにしなくちゃ駄目よ」

彼は顔を傾げて笑った。

「どうやれば、好かれるんですか」

「本当は魅力的なんだから、その魅力を外に出さなきゃ」

「――だから、どうやって？」

「どうやってとはいえないけど、あるがままじゃ駄目よ。貴方お世辞もいわないし、演技もしないでしょう。自然体じゃ、そこらの電柱とおんなじよ。まだ子供なのねえ」

佐竹は定期入れの中から写真を一枚出した。

「僕だってガールフレンドはあります」

明るい喫茶店で二人向かい合っている写真だ。

「美人じゃないの。プロポーズしたの？」

「死にました」

「あら、どうして」

「病院で――」

「ずっと持ってるの。愛してたのねえ」

「そんな関係じゃないけど――」と彼は口ごもるようにいった。「死んだから、僕が生きてる間、一緒にいろんなことを経験させてやろうと思って」

変った人ねぇ、とカミさんは私にいった。

「あたしたちが死んだら、佐竹さんが後の始末いっさい、入念にやってくれるかもしれないけど」

もうその頃は、ビルの廊下を引き払って、近くに小店舗を借りた。ポルノのヴィデオを中心にした店はあちこちにできたが、外国映画の専門店はすくなく、客の数も増え、三カ月ほどでまた移転した。今度はびっくりするほど大きい店で、店員も増え、別に事務所までついていた。香住も横地もほとんど店に出ず、地方に契約店を作ろうということで奔走しているようだった。私が寄ったときは、佐竹が店の一隅で、商品にそえる惹句や内容説明を、色鉛筆を使ってこつこつと作っていた。

「これは君の仕事だったのか」

「ええ、創立以来の僕の担当です」

「まァ、発展してよかったね。不思議なもので、時世とフィットすると信じられないくらいうまくいって笑いがとまらなくなる。君も末は佐竹財閥かもしれない」

「ええ——」

気のせいか、佐竹が孤立気味の気配があった。すぐにそれは表面に出て、三人がもめたらしい。もめたといっても二人が攻撃し、一人が沈黙するという形だが。

二人にいわせると、土曜日曜と佐竹が草野球に馳せ参じて店を休むというのである。

佐竹は高校まで硬式をやっていて、甲子園を目指した男だったらしい。軟式なら都内でかなり強いクラブチームでも上位を打つことができる。

「好きというより生き甲斐ですね。店なんか平気でおっぽりだします」

「どうして——?」

「わかりません」

「店より野球ってわけでもないだろう。発展期なのに」

「そういうこと、彼には関係ないみたいですよ」

イレギュラーした打球を、眼と眼の間で受けたとかで、顔のまん中に絆創膏を貼って出てきたとき、もめた。佐竹は口をへの字に湾曲させて沈黙したままだったという。

「佐竹くんはあの二人とは合わないな。いや、誰にしろ、企業内の人間とはうまくいきそうもない」

「どうしてかしら」

「君のいう自然体だからだろうな。ビルの中に森林が居るようなもんだ」

「やっぱり女が必要だわ。あたし、どうしても探す」

「彼の場合は、女の方がほれこまなくちゃな。うむをいわさず、女から手ごめにするんだ」

「若い娘で、そんな人、居るかしら」

3

その頃は佐竹にかわって、矢野順子という女店員がテープを届けてくれていたが、その順子が、ある夜いきなり、佐竹さんが好きだと私にいったのだ。

「――でも、あの人、どういう人でしょうか」

「それは君――」

と私は声をはずませた。

「君は眼が高い。彼はダイヤモンドの原石みたいなものでね。皆気がつかないが、大人物だよ。彼を認めたとなると、君もすごい人ということになるな。しかし、彼のどこに惹かれたの」

「佐竹さんて、ノーブルなんです」

「ノーブルね、なるほど」

「あたしも新米の頃そうだったけど、皆よくエラーするんですよ。VHFとベータとまちがえたり、似た題名の別の映画を送って電話でどなられたり。社長やなんかはガミガミ怒ったりするけど、佐竹さんは、しようがねえよ、っていうだけ。人を責めませんし、悪口もいいませんし」

「うん――」

「素敵」

「いいとこ見てるね」

「優しい人です。あんな人めったに居ないわ」

「うん、優しい男だね」

「でも、駄目な人かなァって気もするんです。だって三人であの店はじめたんでしょう。香住さんが社長、横地さんが専務、佐竹さんは何でもないの。どうしてですか」

「しかし、店の中の肩書なんか小さいことだよ。今に佐竹くんは大木に育つかもしれない。それは君次第だよ。君が彼の生き甲斐になれば、がんばるだろう。そうすればたいしたものさ。但し、彼は自然児だから放っといちゃ駄目だ。どんどん君が攻めなくちゃ」

「攻めれば、落ちるでしょうか」

「きっとうまくいくよ。やってごらん」

順子は早速デートを申しこんだらしい。

食事をして、彼女のよく行くディスコに行って、音楽がうるさくて話もゆっくりできないと思って、それからまたスナックに誘って——。とても親切にしてくれました、と彼女が報告に来た。

「ほんとに親切な人なんですね、彼って」

「そうだろうな。それで佐竹くん、何かいったか」

彼は、自分の野球の話を長々としたという。野球はフォームだと思う。自分は高校のときから、アップスイングが一番合ってると思って、その線でフォームを作ってきた。今はダウンスイングの方が一般的で、打てないときなんかよくダウンスイングにしてみろといわれるけど、自分は変えない。打てないのは自分のフォームが崩れているからさ。

とにかく当てろ、といってくれる奴も居る。草野球だから、転がしてエラーを誘発すればいい。それはそうなんだが、自分はフォームで打つ方だからね。

彼女には半分も理解できない話だった。

「むずかしい人ですね――」と彼女はいった。「疲れちゃった」

「しかし感じはわるくないだろ」

「ええ――」

「ほら、経験が乏しいと、どうしていいかわからないってことがある。そういう男の子って新鮮じゃないか。ノーブルだよ。すれてる男なんかよりよっぽどいいよ」

何度かデートを重ねた後、思いきって盛り場のはずれのホテル街を歩いてみたこともあったそうだ。

「何かスリリングなことがしたいわ」

そういう順子に対して、佐竹は、僕はこういうのは嫌いだ、と答えたという。

「だからいっただろう、僕はフォームを大事にしたい」

「フォームって、何?」

「自分のフォームだよ」

「だから何なのよ。あたしは好きよ。貴方にあげてもいいと思ってるわ」

佐竹はおそろしく真面目な表情になって、

「――なら、俺ン家《ち》に来いよ」

「お父さんたちが居るんでしょ。嫌よ、こんなにおそく」

「俺、もうすぐ一人で部屋を借りるつもりだよ」

そんなことで白けてしまったという。

もう興味ない、と彼女はいった。

「だって、佐竹さんがあたしをどう思ってるか、ちっともわからないんだもの」

彼女は切替えが早く、まもなく他社のサラリーマンを恋人にしたらしい。

なるほど、むずかしい奴だなァ、と思う。自分で仕かけてもいかないで、捕手みたいに受けとめるだけのくせに、自分の好みでなければ捕球もしない。すると、好きになった女が、女の方から仕かけてこないかぎり、見向きもしないのか。

カミさんとちがって私は世話焼きでないし、特に結婚の仲介など面倒な方だが、なんとなく佐竹には肩入れしたくなる。未開墾の畑がくろぐろと残っているようで気になるのである。

佐竹が久しぶりに届け物を持って現われたが、順子のことは何も語らない。しかし、親もとを出て独立をしたといった。同じ方向の郊外だが、東京寄りでなく、山麓に包まれたあたりらしい。

「それじゃ、かえって不便だろう」

「ええ。でも静かです。空気もいいし」

「嫁さんが要るな」

いつもの照れ笑いをして、

「——まだまだですよ」

「香住くんも結婚したそうじゃないか」

「彼はいいのをみつけました。名古屋の方の旅館の娘でね。もう喰いっぱぐれなしです」

「抜け目がないな。君はどんなのがいいんだ」

「いやァ——」といってしばらく口ごもってから「自分の、生き方が、できてないから」

「フォームか。でも自分だけで生きてるわけじゃないからな。女が居たって邪魔にならんよ」

「かもしれませんね」

「もっとも所帯を持ったからって、どうということもないが」

「近頃ね、静かなところで寐ているせいか、街の音や、人の声なんかが、だんだん大きな音にきこえてくるんですよ。どうも、都会に出てくるのが、辛くなってきたみたいです」

「そりゃいかんね。君はギャンブルは好きかい。今度、競馬にでも行こうか」

彼は笑っただけで乗ってこなかった。

「やれば、凝りそうですから」

佐竹が帰ったあとで、カミさんに、あの男は抑圧が強すぎる、至急に心をほぐさないと、いいところが全部だめになっちゃうなァ、といった。

4

時の勢いというものは妙で、ヴィデオへの関心が高まるとほぼ同時に、日本の映画会社が自社の作品をヴィデオ化しはじめ、外国映画を日本語字幕をつけて発売する企業も増えた。香住たちの輸入ヴィデオ屋は、字幕のないハンデがあって辛い。そのうえ海賊版の横行を規制する動きもきびしくなった。この間に資金があってうまく立廻れば、先行者としての優位を保持していかれたろうが、そうもいかなかったらしい。おそまきながら日本製品に切りかえたが、客層がちがい、後発の大きい店に対抗しきれない。

彼等はマンションの中に一室を借り、看板をあげず、マニアにこっそり海賊版を売る商売に力をいれだした。どこまで発展するかと見えたのに、なんだかうさん臭い商売になってしまった。

同じ作品なら字幕のある方がよいので、私も、彼等の店に頼るのは日本製品が発売されておらず、将来も出ないだろうと思われる品物だけということになる。自然に足も遠のき、関係がうすくなった。

そんなことで何年かがすぐにたち、香住が訪れてきたとき、おや、まだ続いているのか、と思ったほどだ。彼はコレクタークラブを作りたいから応援してくれないか、といってきた。そ

の話がすんでから、

「そういえば、佐竹くん、元気で居るかね」

「彼は、やめました」

「ほう、なぜ？」

「よく理解できないんですが、自分でいいだしたんです」

「いびりだしたんじゃないのかい」

「そんなことないですよ。彼は不満も口にしないし、それなりに便利だったんですから」

「だって、君たちは社長や専務で、彼は平だったんだろう。いじめを楽しんでたね」

「いえ。資本を増やして会社組織にするときに、彼は協力しなかったからですよ。その件は彼も納得ずみです」

「理解できないってのは、何が――？」

「煙草の煙に耐えられないっていうんです。店では吸わないけど、事務所ではプカプカ吸いますからね。でも冗談かと思った。それで会社をやめてくなんて、信じられますか」

「それが、やめる理由か」

「僕が知るかぎり、それ以外にないです。本当に顔を見せなくなってはじめて気がついたけど、僕たちのいたずらはそう軽くなかったんですね。彼、気管支の病気でもやったのかしら」

香住は弁解するように続けた。

「だって普通じゃないですよ。煙草の一件だけじゃなく、理解できないことばかりだ。そうでしょう」

「普通じゃないが、普通ってものの内容は時代によって変るからねえ。——で、何か当てがあったのかしら」

「しばらく、一、二年はぼんやり休養するんだっていってました。けれど、僕等ンところで疲れるんなら、どこにだって勤まりませんよ」

もし、顔でも見せたら、一度寄ってくれるように、と伝言を頼んだが、

「それが、あれ以来、顔を出さないんです。僕も横地も、彼の自宅の電話番号は控えて持ってるんですがね」

香住は顔をしかめていった。

「一度も電話してません。横地もそうらしいです。案じては居るんですがね。なんとなく、かける気にならないんです」

都会に出てくる気にならなくなる、といっていた佐竹の苦笑したような表情を思いだした。ただの第三者の感慨だが、自然に破壊されていくからなァ、と思う。

「どうも、僕たちがまるで悪者みたいになっちゃって」

「いや、そんなふうには思ってないよ。君たちが特に悪いってことでもないから、心配だね」

「心配ですか。彼、どうしてると思います」

「さァ――、心身症的なことは確かだなァ。すぐには世間に戻れないんじゃないか」

「どうしてだろう。そんなになやんでいた様子はなかったけどなァ」

「彼は内向するからね」

「でも、そこまで考えて、つきあわなくちゃいけませんか」

「そんなことはないさ。ま、多分、君たちのせいじゃないよ。他にも事情があるんだよ」

「電話してみましょうか」

「その必要はないだろう」

「でも、それとなくしてみますよ。気になりますから、友人だもの。彼が居たら、たまには出てこいって、いってやりますよ」

香住は手帖を出して、ダイヤルを回した。しばらく話しこんでいて、戻ってくると、やっぱり居ませんでした、といった。

「誰がそういったの――？」

「女の人です」

「ほう、女が居るのか」

「姉だっていってましたがねえ。あれからしばらく、その姉さんの商売を手伝っていたらしいんですが、今は居ないって。どこで何をしてるかもわからないって」

香住はやや不快そうに、

「これだから、電話かけたくなかったんだけど」

「心配するほどのこともなかろう。どこかで何かしてるよ。熊と一緒で、佐竹くんみたいなのは、だんだん山奥に追いやられるだろうが」

香住はめっきり肉がついた顔に汗を浮かべて、ハンカチを使っていたが、しめくくりのように、ひどく乱暴な、ちょっぴり有り得なくもなさそうなことをいってのけた。

「案外、どこかのゲイバーで、働いてたり、かもしれませんね――」

〔1988年「オール讀物」9月号初出〕

蜘蛛太夫

大昔、地上に蜘蛛が異常に繁殖した頃があって、地上だけでは満ち溢れ、水中にまで湧いた。その水中にまで進出した蜘蛛の類が、長年の間にだんだん肉がついてきて蟹になったのだそうだ。これはホラ話ではない。れっきとした学者の説である。

だから、蟹を、うまいうまいといって喰っている人は、蜘蛛を喰っているのと同じだ。

もっとも、すべての蟹が蜘蛛の子孫ではない。タラバ蟹は、あれはザリガニの一種であるらしい。ザリガニは蟹でなく、海老の一種だ。敵を威嚇するために擬態をして、恐ろしげな恰好で背伸びしているうちに、足があんなに伸びて、自分でも思いがけない姿になっちまった。あそこまでになるとやはり身動きに不便だろうと思う。

人間はほとんどの生き物を喰っちまうけれども、なぜか、蜘蛛を好んで喰う人というのは聞いたことがない。食人種でも、蜘蛛は喰わないのではないか。案外、大きな蜘蛛は毛蟹とそっくりの身が中に入っているかもしれないのに。

もっとも、試食した奴は居たのだろうと思う。それでも食する習慣がつかなかったところを見ると、よほどまずかったのだな。

女郎蜘蛛というのは、日本で見られる蜘蛛としては大きい。なぜ、女郎と命名されたか。方々に網を張っていて通りかかる者をからめとって生血を吸ってしまう。一度からめとられると逃れる術はない。私どもの知っているお女郎さんは本当に恐ろしかった。当今のトルコ風呂のおネエさんとは全然ちがう。

「ほら、早く脱いで――！」

「うん――」

「いそがしいンだよ、こっちは。ぼやぼやしないで、かかってきな！」

「失礼します」

「痛いよ、馬鹿。レディのあつかいを知らねえのかよ」

恐る恐るテキの身体を抱いて、腰を動かすまでもなく、

「駄目だ、そんなとこでションベンしちゃ！」

恐怖でチビッてしまう。その猛勇レディをなんとか手なずけて間夫とかなんとかいわれよう
という、そういう遊びなのだと先輩に教わった。

昔の人は蜘蛛というと、まず畸型を連想したらしい。明治のはじめ、蜘蛛男、或いは蜘蛛太夫と呼ばれて見世物で売った佐藤勇吉は、手足が八本あったわけではない。羽前国米沢在奥田

村の生まれで、年齢五十三歳、胴の長さ七寸なのに、頭や手足がそれぞれ七寸五分ほどで、さらにその手足が三つに折れた、とものの本に記されている。

けれども、ただ畸人を見世物にするだけではその筋から鑑札がおりない。何か芸をやらせて、芸人としてあつかうのである。ところがあいにく不器用な男で何の芸もない。

それで養老瀧五郎の門人で養老勇扇と名乗らせて、手品師ということにした。子供だましの手品を世話人がやってみせ、太夫は坐っているきりなのである。それでも、合い間に不釣合いの長い手足を拡げたりしながら、調子はずれの奇声で俗謡を唄ったりする。たえず物を覬っているような変な眼つきが蜘蛛を連想させて、なかなか人気があった。

しかし、毎日のことだから、どうしても客足がだれてくる。

あるとき、大川に身を投げて死んだ娘があり、年頃の娘のことだからおおむねの察しはつくが、遺書もなにもないので事情がもうひとつはっきりしない。

これをきいて世話人が名案を思いついた。

「――よォし、うちの蜘蛛太夫が見物人の中の彼女を見初めて、妖しい気を発して彼女を虜にしたとでもいいふらそう。なに、無責任な噂だから、お咎めもあるまい」

世話人もなかなか大変なのである。

「おい、太夫、お前さんもね、明日から新しい娘を物色しな。それで蜘蛛のような眼つきでその娘をじっとみつめるんだ。そうそう、その眼つきなら充分怪しい」

こういう噂は急速にひろまるもので、それじゃァ女客など怖がって入ってこないかというと、けっこうはねっかえりの娘が居て、怖いもの見たさでやってくる。

男はむろん野次馬で、ことあれかしと望んでいるから、客足が戻った。

蜘蛛太夫は心得たもので、ときどき変な眼つきで客席をうかがう。世話人がすかさず、

「この太夫さんは、なかなかのお女中好きで、お客さまの中に気に入ったのが居ると、ああして見惚れます。モシモシ太夫さん。お気に召した別嬪さんが居りますかい」

蜘蛛太夫は、ウフッ、と気味のわるい笑い方をしながら身をくねらせたりする。

客席の中から、それこそ女郎蜘蛛のような年増が舞台に近づいてきて、

「もし太夫、あたしでよけりゃ、いつでも血を吸わせてあげますがねえ」

蜘蛛太夫が逆に脅えたという一幕もあった由。

この太夫、江戸を打ち上げ、翌年は関西に流れたようだが、そこで頓死してしまったらしい。水が合わなかったのか、ひょっとして女郎蜘蛛に誘われて逆に血を吸われてしまったのか。

蜘蛛男という見世物はありそうであまり見当らない。古い本に記載されているのもこの蜘蛛太夫のみ。私が子供の頃、楽しみにしていた靖国神社祭礼の折りの見世物の中にも、一度も出会わなかった。

〔1989年「コットン」1月号初出〕

道路の虹

私の子供の頃は、道路の隅にうずくまって、蠟石で字や絵を描いてよく遊んだ。蠟石というものは今あまり見かけないが、舗装道路になってからの子供たちの必需品で、住宅区域のあちこちの道に描き捨てた字や絵が残っていた。稚拙な富士山に太陽なんてのが多い。何人か集まってゲームをするときも、蠟石で線引きをする。一段二段というゲームは、数字を円で囲んでいくつも並べ、各自が投げ入れた石のところは避けて、空いている円だけを使って飛び越えていく、また、近所の家々の名を円の中にたくさん記して、投げた石が入ったところの家まで走って往復する。遠い家に当った子は損だが、年齢の差があったりするから、皆懸命に走ってくる。危ないのは自転車くらいで、自動車などめったに通らない。道幅もせまかったし、だからどの道もたいがい子供の遊び場になっていた。

昭和のはじめで、道路の整備期だったと覚しい。それまでの曲りくねった細道のところが、人家が取り払われて直線の広い道路になってしまう。改正道路と呼ばれ、その大袈裟なものは昭和通りとも呼ばれて、実に広々と見えたものだ。それ以前のごみごみした一帯はよく知っているつもりなのに、なぜか、道路ができると忘れてしまう。

残った細道はアスファルトに舗装されていく段階で、人夫たちがしょっちゅう道路に群がって造り直していた。そういえば、舗装されたあとも、ところどころに傷のような浅い穴があって、人夫たちがコルタールや砂利を撒き、穴を埋めこんだりしていた。これもしょっちゅうだ。あの傷はどうしてできたのだろうか。

それでもまだ舗装されていない泥道や、樹が生えていたり曲りくねったりしている坂道があり、そういうところに木の杭を横に埋めこんで段を作り、蛇段々などと呼ばれて子供たちの冒険の場所になっていたりする。神社の裏手の崖や、建ち腐れた空家なども恰好の場所だ。私どもは学校に行くとき以外は、下駄で走り廻っていた。泥道に下駄はよく似合う。小公園もぽつりぽつり出来てはいたが、そういうところより、方々にある大小の原ッぱ（空地）の方が面白い。道路と同じく、住居も、それまでの軒の低い江戸風の家から、和洋折衷で石塀や生垣に囲まれたモダンな住居に少しずつ変貌しており、分譲地として整備された空地もある。そういう所では凧上げやゴム毬の野球だ。また草茫々の荒れた空地もあり、毒だみの臭いを嗅ぎながらわけ入っていくと井戸の穴に落ちそうになったりしてスリルがある。原ッぱの囲いの塀によじ昇り、横に移動して他人の家の屋根の上で遊ぶ。怒鳴られると一散に逃げてくる。

車はすくないが、道路はそれなりに賑やかで、刺激がすくなくない。自転車で配達に廻る顔見知りの店員とからかい合ったり、豆腐屋、牛乳屋、紙芝居屋、この辺は身内に近い感じだが、どことなく他者を感じさせるのは、道ばたに桶を積み上げて大声を出したりする汲取屋、屑屋、音が喧しい定斎屋、売り声とともに流してくる小商人、按摩、号外売り、彼等が私どものテリトリーを通過するときかすかに緊張したり。見知らぬ者に対する恐れは、現今の子供より濃かったような気がするが、あれは服装や物腰の相違がかなりあって、現今のように画一的でなかったせいなのか。

家の前の縁台に腰かけて、通行人を終日眺めてすごしている老人が多い。おおむね退屈はしているけれど、眼先きの光景は常に揺れ動いていて応接にいとまがない。私ども子供もそうで、時間というものは際限のないものだなァと思いながら、けっこう小忙しく遊んでいて、夕方、母親に呼ばれると、往還が名残り惜しくて切りあげたくない。

たとえば、空が、現今のように無機質なただの空でなかった。見上げると、いつも何かが動いていた。鳶が輪をかいていたり、もっと上空に渡り鳥の列があったり、電線にはたいがい雀や鳩や大小の鳥がとまっていたし、鴉、それから、蜻蛉や蝶の類。

私の生家は牛込で、これは東京の都心部に属するが、夕方になるとちゃんと蝙蝠が街灯のまわりを飛び廻っていた。日が暮れると、大きな蜻蛉が庭木にそうッと近寄ってきて、やがて眠るために小枝にぶらさがる。昼間は蜻蛉捕りに夢中になっていても、夜の蜻蛉には手を出さない。雀たちはどこで寝ているかと思って原ッぱに佇んでいると、大きな樹木の葉裏にいっせいに潜りこんでいるらしい。ところが何故かはぐれて、貧弱で葉も小さい樹の中にもぐりこむ一羽が居たりする。

猫も、野良犬も、家畜というだけでなく、それぞれ自分の顔を持っていた。そうして、そういうことが不思議でもなんでもなくて、生き物は、混じり合い、競い合って生きていくものだと思っていた。

今でも忘れないのは、夕方になると改正道路を北から南に、いっせいに滑走してくる蜻蛉たちだ。あれは蜻蛉の道というものがあって、どうしてもそこを飛ばなければどこかへ行けないのか。子供たちはたまに通る車を避けて、両側の歩道にずらっと並び、黐《とりもち》のついた竹竿を手にしていっせいに待ちかまえている。北から滑走してきた蜻蛉に、道の両側から竹竿が伸びて隙間なく襲いかかる。蜻蛉も速いが、道路は長いし子供たちは無限に近いうえに、きまって地面すれすれに滑走してくるので、どこかで竹竿に張りついてしまう。けれども後続が絶えまなく同じコースを来るので、子供たちは大忙しだ。あとからあとから、日が暮れるまで続く。途中で辛うじてコースをそれ、高く、或いは斜行した例外をのぞいて、蜻蛉はそのコースを完走できない。ところが何故か、蜻蛉は意志を変えず、翌日もその翌日も同じコースを飛んでくる。逆に南から北上する蜻蛉は一ぴきも居ない。夏じゅうだ。翌年もその翌年もだ。日が暮れて私どもがひきあげる頃、舗装道路の上に千切れた蜻蛉の翅が散って虹色に光っている。

私の家には、当時、女中さんが一人居た。それからまっくろい猫を飼っていて、どちらもよく代替りした。その頃はまだ人件費が馬鹿安の頃で、勤め人の中堅クラスでも、女中さんか婆やをおく家が珍しくなかった。私のところなどは退役軍人の恩給生活で、かつかつに凌いでいる程度の暮しだから、珍しくはないにしても、彼女に対して子供の私などはどうも腰が定まらない。どのひとにも人見知りをしてずっとなつかなかった。

幼稚園の送り迎えをしてくれたのは、北関東の農家からきたひとで、まるい大きな顔のおとなしい娘さんだった。

家の者は彼女をみかやと呼んだが、本名がみかというのではない。名をつけたのは私の母親で、

「あんたは、みかや、にしましょうね」

と最初の晩にそういったのだ。

「この前まで居てくれたひとがみかやだったのよ。いいおねえちゃんでねえ。子供がその名前を覚えこんでいるものだから――」

彼女は長火鉢の裾の方に坐って、あいそ笑いをしながらこっくりと頭をさげた。当時、奉公人の名前の下に、や、という言葉をつけて呼称にすることが慣例のようになっていたらしい。その呼称は私をとてもひりひりさせた。

近所の商店に、茂どんとか常どんとかいう店員がいて、おりおりに私たちと遊んでくれる。私たちにとってはおにいさんだったが、そう思っているその思いかたに微妙な翳りがある。普

通のその年頃の男の子は私たちなどと遊んでくれない。

もっとも当時の私の気持の中にはいろいろなものが混じっていて、たった一人の女中が居るくらいで主人顔などしてははずかしい、というふうなものや、異物をはじく本能で彼女を家の外に押し出したい、と思ったりもした。そうして、同じく農家出の母親が、主家の細君としてさりげなくそつなくふるまうのを、それとなく観察していた。母親の表情の中に、むしろ、貧しいものがあるのを感じていた。どうしてあんなに母親のことというと観察していたのだろうか。べつに客観的に眺めていたわけではなくて、当時の私にとって母親のふるまいは即ち自分のふるまいでもあったから、彼女のふるまい全体が些細な部分まで含めて、自分のこととしてまず伝わって来、そこに若干の違和感や、違和感によって生じる母親に対しての情感や、ひいては違和感の有無にかかわらず母親の持ち物は自分の持ち物にほかならないという認識などを育てていた。

もっと幼かった頃、母親にくっついて鶴見の台地にある親戚の家に行った。バスがあるのに、駅前から人力車に乗った。それも二人乗りの大きな幌のやつに。贅沢してるな、と確かに思った。大人の使う言葉でいうと、放恣を楽しんでるな、とも思った。私は母親にもたれるようにして、うっすら汗をかいた彼女の小鼻のあたりを眺めていた。

ついでに記せば、そのとき親戚の家から眺めた裏手の景色も強く眼に残っている。裏手は広い丘の斜面で、谷をはさんで向うの丘まで人家も樹木も何もなく、砂漠のように地面がうねっていた。平行する国道を二本、今造っているところだということで、なるほど谷の底の方から工事の音がきこえていた。それから射撃の音もきこえた。小型トラックが一台、土埃をあげながら谷底を走っていた。私がはじめて見た大きな風景だったと思う。親戚の子が、進行の区切りがつくたびに大きな花火があがるのだといった。

私はそのみかやともずっと口をきかなかった。彼女は私と近くなろうとして、市場への買物の折りに私を誘う。そうしてときどき、今川焼だの、きなこ飴だのを買い与えてくれる。少し馴れてきた頃、やはり路上で、

「坊ちゃん、今川焼、喰べる？」

「——喰べたい」

「駄目」

と珍しく強い口調でいって彼女は小さく笑った。

「買い喰いは、いけません」

それでも原ッぱの塀の上に腰をおろして、彼女と駄菓子を喰った記憶がある。

ときどき座敷の中にまでうろうろと入ってくる黒い大きな蝶が居て、気にとめているといつも庭の中のどこかでちらちら舞っている気がする。今日は居ないな、と思って眼で追っていると、風と一緒に屋根の方から、ふわっと舞いおりてきたり。

翌年になるとそっくりの黒い蝶が出てくる。その翌年も。

代々ここを生活圏にしているんだな、と思って見ていたが、父親もなんとなく意識していたらしく、野良猫の座敷への侵入には神経質なくせに、蝶には手を出さず、

「黒揚羽だよ――」

と教えてくれたりする。そのうち、玄関前の黄楊の苗木の小さな枝のつけ根のところに卵を産みつけている黒揚羽をみつけ、私どもと同居していることを確認した。蝶は毎年同じ場所に卵を産みつけているらしかった。私どもばかりでなく、蝶の方もこちらを見て似たようなことを考えていたのかどうか。思いなしか、私どもに対してなついており、それで座敷にも舞いこんでくるように思える。

ある日、掃除をしているみかやの肩にとまった。きゃッ、といって彼女は叩木《はたき》を振った。私が声をたてる間もなく、一叩きで蝶は畳の上に落ちて動かなくなった。

これで、親類のような間柄も消えたかと思ったが、翌年になるとまたそっくりの黒い奴がひらひらと飛んでいる。

表通りをバスが走り出したのは、私が小学校に上る前だったか。バスは、もう珍しい物ではなかったが、身近を通るとなると、異物としてまだ充分の面白さがあった。私は表通りの歩道の縁に腰をおろして、一人でよく眺めていた。

そのバスは黄色と緑のツートンカラーに塗られていて、黄バスと呼ばれた。たしか最初は、

江戸川橋―新橋間、市ヶ谷―高田馬場間と二系統が交錯しており、その後だんだん路線が延長されたと思う。電車にはそれ以上の関心があり、外濠の方まで歩いて眺めにもいったが、どうも暴力的で、触れるのが怖い感じがした。バスはその点柔かく親しみやすい。

私はバスについてはけっこうくわしかった。車体が空色一色の奴は市営のバス。都心部はたくさんの路線が集まっていて、市営バスが一番たくさん見られる。

また、各デパートが客引きのためにサービスバスを出しており、三越はまッ赤に塗った車体、松坂屋はチョコレート色、高島屋は純白、布袋屋（伊勢丹）は枇杷色、だったと思う。東京にその頃居住していて、そんなバス知らないという人が居るが、たしかにあったのだ。親に連れられてたまに外出するとき、都心の目抜き通りを五色のドロップを散らかしたように、色とりどりのバスが走っていて、全部の色のバスに一度でも乗ることが私の夢だった。けれども路線の関係で私どもは市電か市営の青バスにしか乗らない。停留所で待っていると、赤バスやチョコバスがどんどん来るけれど、親が乗ろうとしないから、すべて見送ってしまう。それが哀しかった。

もっとも、まもなく大陸で戦争がはじまって非常時ということになったので、そうしたサービスを廃止してしまったのかもしれないし、路線そのものも国電の駅とデパートをつなぐだけのものだったかもしれない。

赤バスの件もそうだけれど、自分の胸の中の古い絵が、他の人たちから否定されることがある。誰もが、そんなことはないといって笑う。些細なことであっても、そこを認めてもらえないために、小さなほころびがまわりに波及してどんどん拡がりはじめ、ひいては私のこれまでのすべてのリアリティがうすらいできだすから辛い。

生家の庭は、南と西にあとからそれぞれ三階のある家が建ったために、視界が仕切られて、せまっくるしい空しか見えなかったが、突然、そこに巨大な飛行船がゆっくり現われて肝を潰した。セメント色だったか、もう少し赤茶けた色だったか、とにかく風で表皮に皺々をつくりながら視野を横切るのを、もっとよく見ようとして座敷に駈けあがり、玄関を抜けて表に飛び出した。そうして区役所の建物の向うに消えかかる飛行船の尻尾を見送った。この経験は、この世には何か巨大な変なものがあるのだという怖れを植えつける因となったが、造り話をするな、と皆はいう。後年爆発炎上したというドイツの飛行船が日本を訪問したのは昭和四年だそうで、私はその年の生まれだから、そんなものを見て追いかけていくはずはない。そうだろうけれども、見たことは見たので、もし夢なら、現実に見たこともない飛行船を夢で見るかしら。

鳩の件もそうだ。土鳩が電線にずらっと並んでとまっている光景を口にすると、神社の境内でもなければ鳩がそんなに居るわけはないという。はじめのうち忘れていて反論できずに口惜しい思いをしたが、私の家の二軒おいた角地が大きな米屋で、店先きの土間に捨てられる砕け米を突っつきに、いつも土鳩が集まってきていたのだ。鳩たちは子供が近寄ってもわずかに身をかわすくらいで、自分たちのテリトリーだと思っているふうで、また私たちもそれを当り前と思って異物視しなかった。たまに自転車が通るといっせい舞いあがって米屋の屋根や電線に避難する。

店の中では終日精米機がモーターの音をたてており、また店番をかねて、紐で肩から吊るすようにした大きな篩の中の米粒を検めて屑を店先きに投げ捨てる。特に当主を息子にゆずったお爺さんは常に定位置に立って、老眼鏡を光らせながら、飽きる気配もなくその仕事を続けている。店頭を顔見知りが通るときに一言二言、口をきいてあいそ笑いをするほかは無言。たまに、ほうほ、と声を発するのは鳩たちに向けてだ。鳩が店内に入ってきて桶の中の上米をついばんで小走りに逃げても叱りもしない。けだるく長い平安の光景として強く印象が残っている。

私の父は長身瘦軀で、元軍人らしいひねり髭など生やしていたから、近所から一目おかれていたし、実際他人におあいそなどふりまかない男だったが、なぜか、米屋のお婆さんとは仲がよかった。両家はこの土地の古顔で、父親としては珍しく、米屋の当主を、たろさん、と愛称で呼ぶ。

お婆さんも配偶者に似て小柄だったが、働き者であることはそれ以上で、米俵など、かけ声とともに一人でかついでしまう。近隣の顧客は彼女の受持で、はい、はい、と声を出しながら、五升入りの麻袋など二つも三つも重ねてかついで配達してくる。そうして明るくて剽軽だ。笑うときでも、は、は、は、と腹に力をこめて笑う。後年、防空演習のときなど、バケツを手に真剣な表情で子供のように走り、途中で転んだりしたが、皆の喝采を買った。多分、若いときから店の中のリード役で、剽軽さがまわりから喜ばれ続けてきた人なのだろう。路上で、私の父親と長く話しこんだりするが、父親の背丈の半分もないけれど、お婆さんの方がいかめしさに負けず堂々としていた。

そんなふうだから店員も長続きする。特に常どんはいい身体で骨身惜しまず働く人だった。そうして私たちにもよく声をかけてくれていいおにいさんだった。ランニングシャツで、首に手拭いを巻き、戦闘帽に店の名入りの前掛け、それでいつも糠まみれで顔に斑点などつくっていて、私たちはよく笑ったが、笑われても首の手拭いで小鼻あたりをちょっと拭くだけだった。

「常どんは、やっぱり、お米屋さんになるの——?」

「——定めてないよ、へへ」

「田舎に帰るのかい」

「そうだなあ、先のことは先のことさ」

「じゃ、何をしたい——?」

「——べつにな、何って」

近所の女房連にも眼をつけられていて、中には嫁を世話したいと申し出た人も居たが、彼は笑ってとりあわない。当主の娘はまだ小さかったが、当主の信頼度から見て、常どんに店をつがせるのではないかと予想する人も居た。そのうち、戦時体制が濃くなり、米も配給制になる噂が出、すると米屋も統合されて存続もどうなるかわからぬということになり、店員も次々とやめていったが、常どんは何故かそれまでと変らぬ顔つきで働いていた。そうしてとうとう赤紙が来て、店から応召していった。

界隈は貴族の大邸宅などを含む高級住宅地でもあったが、同時に勤め人の小住宅もたくさんあり、寺町も一区画を占め、職人や小商人が多い長屋も帯状に喰いこみ、お互いの生活を補い合っていた。私の生家を軸にしていうと、小道をはさんだ北隣りまでは大きなお邸、西隣りは花街の成功者の隠宅でこれも大きい。私の生家から急に古ぼけて、南隣りが工場を勤めあげて終の住処《すみか》を建てた老夫婦、その家作はよく代替りしたが、戦時体制で熱海を引き揚げた置屋一家でおちつき、向いは映画〝巴里祭〟の運転手レイモン・コルディにそっくりの中年運転手。その隣りが神田の小出版社への勤め人。米屋の筋向いの二階家は株屋、という按配。

いつ頃からか記憶がないが、北隣りのお邸の大きな門前に、子供たちが集まりだした。主としてすぐそばの職人や長屋の息子たちで、兵隊ごっこをやる。当時、簡単な戦争ごっこはどこでも見られる子供の遊びだったが、それとはやや異なって、漫画ののらくろ連隊を模したような軍隊劇をやる。私は皆と顔見知りだったが、例によって人見知りをして出て行かない。けれども勉強部屋が北側なので、連隊本部の様子が手にとるようにきこえる。さしずめブル連隊長が（顔も似ている）鞄職人の息子で、中隊長がその弟。おそらくいいだしっぺだったのか。これが私がきき惚れてしまうくらい迫真の出来で、従って他の子供たちも真剣に対応してくる。

門前の広い三和土が舞台のように想定されていて、たとえば、全員整列して点呼をし、連隊長の朗々たる訓辞があり、国歌斉唱、中隊長の指揮で解散、すると自然に舞台はその中の一班の内務班的状況になり、他の子は見学している。台本のある様子はない。班長が居、下士官が居、古参兵が居、新兵たちが居る。キビキビした兵、ズボラな兵、乱暴な兵、すぐ小便をしたくなる兵、各自が自分の思い入れで即興の行為やセリフをいう。別の一班と舞台を交替すると、前の班とかけもちで出てくる熱心な子も居る。いくらかのとりきめはあっただろうが、はじめに子供たちが思ったよりずっと、事が大仰に運んでしまう。

彼等は毎日、午后になると集まった。日曜日は朝からだ。聞き伝えて参加する子供も増え、すぐに三十人くらいになったのではないか。いずれも学校などさほど重視していない子供たちで、この遊びを中心に生きている様子がひしひしとわかる。彼等の興味の軸は、自分の役廻りになりきることにあるらしく、笑う子など一人も居ないし、家に帰っても研究しているらしく、日々、その役に新しい工夫をしてくる。すると他の子が敏感に反応する。深く掘ればどこまでも掘れるし、どこまでもリアリティが欲しくなる。小さい子がつっかえてしまったりすると、大きい子が後見役《プロンプター》のようにセリフを誘導したり。

たまらなくなって表の道路をのぞくと、いずれも、駄菓子屋で売ってる階級章をつけ、玩具の剣やサーベルを持ち、連隊長は大人の軍帽をかぶり、二三の当番兵を従えて専用の組立て椅子に坐ったりしている。役もめはないようで、そのかわり退屈しないように出番がほぼ平均して与えられる。人数が増えてからは、他の門前でも平行して劇が展開されていたり。はじめはただの思いつきだったのが、意外に遊びの芽が吹きだして、勢いに乗り、もうちょっとやそっとのことでは後へひき返せなくなったという次第が手にとるようにわかる。連隊長の訓辞は、毎日ちがった。彼はそのための努力を猛烈にしているにちがいなかった。そうして皆の敬意を集めているようだった。それが実意なのか、役の上の敬意なのか、多分ごたまぜになっていたのだろう。そうして全員が、もうひとつの人生を生きる楽しみを味わっているようだった。

むろん、ときには戦闘場面もある。はじめに、今日は索敵行、などとサインが出ると、口々に伝わり皆がその気持になる。門の窪みの陰や、汲取屋が積んだ桶の後ろに腹ばって、口で銃声を模しながら戦い、本部の指令どおり別の一隊が道を迂回して背後をついたり。当然、戦死者が出る。戦死した者はそのまま家に帰ってしまう。三日間、家で謹慎してこの遊びに参加できない。

けれども実際に弾丸に当るわけではないから、各自が勝手に戦死を選ぶのだ。謹慎は、死のリアリティのためにするので、これも演技の中といえる。そうして四日目になると嬉しそうに出てきて、新兵として参加することになる。

この遊びは永久に終るきっかけを得られないだろうと思えたが、存外、脆く潰え去った。連隊長の鞄職人の息子がチブスかなにかで死んだからだ。あれほど熱が入っていたのに、ひとつのきっかけでみるみるしぼんだ。その頃は、本物の戦争の存在が、子供たちにも重圧のように感じられてきていたのかもしれない。

敗戦のとき、私は十六だった。生家は辛うじて焼けなかったが、北隣りのお邸まで焼け、向いも一望焼野原だった。レイモン・コルディは末期に応召して輸送船で一発で沈んだ由。出版社員の一家とは、母親同士、息子同士、相性がよかったが、空襲期の前に故郷の沖縄に帰ったので安否不明。北隣りの老夫婦は、家は無事だったが、空襲時、カリエスで寝たきりの老妻を乳母車に乗せて避難した先で焼夷弾の直撃に遭い、血だらけで、踊るような足どりで戻ってきた。置屋一家は敗戦とともに勇躍して熱海に戻り、米屋は常どんも戻らず、店をたたんで孫の代になっている。兵隊ごっこの子供たちも四散し、少数をのぞいて姿を見ない。

父親は恩給を失い、一気に老いこんだ。守衛の口でも探してみるかな、と呟きながら動くでもない。彼は焼跡の菜園をいじくるか、梯子を登って屋根に出るかして日をすごしていた。屋根の上で、両脚に腕をからめてぼんやりしている。私も試みに、父親から離れて屋根の裾の方にあがってみたが、なるほど、家の中に居るよりは頭上が開ける感じでわるくない。そのときからもう生き物の影のない空だったが、とにかく無傷で大きい。

不意に、つむじ風のようなものと一緒に、荒れた庭の方から、黒揚羽が舞いあがってきた。ずいぶん長いこと忘れていて、姿も見かけなかったのに、どこでどうしていたか、彼はちゃんと生き継いでいて、屈託の様子もなかった。

〔1989年「海燕」1月号初出〕

オールドボーイ

1

はじめて会ったとき、彼は青年に見えた。まもなく、もうすぐ四十に手が届く年齢と知ったが、そう聞くと、なるほど頬のあたりの肉のつきかたが、中年ぽいと思えなくもない。けれども、身体つきも顔つきもなんとなく固くて、花の咲く前の蕾《つぼみ》のような感じだった。諸事にわたって豊かな近頃の四十歳といえば、肌ももっとなめらかだし、贅肉が多少なりともついているのが普通だ。

要するに、彼は、この時代に不似合なほど、暗く、稚《おさな》く、無表情だった。

「この人なんだがね。電話じゃうまくいえなかったから、直接連れてきちゃった。もし使って貰えるようなら、なんとかお願いしたいんだ」

と小学校の同級生だった飯島がいった。

「もちろん、どんな雑役だってかまわない。家が乾物屋で一応喰えるから、なんなら無給だってかまわないんだ。とにかく、職というものにつかせてみたい」

藤井はとにかく履歴書を見た。館石信夫という名前だ。本籍、現住所、生年月日、そして学歴、中学を中退としてある。藤井自身も若いときグレて、旧制中学を中退したきり学校に行ってない。そこを見込んで飯島が連れてきたのかもしれない。

職歴もたった一行、家事手伝い、としてあるだけ。藤井はチラリと眼をあげて彼を見た。館石信夫は猫のように不機嫌で哀しげな眼をじっと虚空《こくう》に向けていた。

「家事手伝い、というのは？」

「だから、乾物屋さ」と飯島が答えた。

「お母さんが男勝りでね、店を切り盛りしながら二人の男の子を育てた。けれど、店は長男坊が継ぐだろう」

「なるほど――」

しかし、四十歳にならんとするのに、これだけ簡単な履歴書というのも珍らしい。病気でもしたか、それとも、知能が足りないか。

「電話じゃうまくいえないというのはそこなんだ」

飯島は先手を打つようにしゃべりだした。

「まァ、君だからざっくばらんにいうけどね。君と同じように、彼もグレてね、下町の盛り場のバンチョだった。ひと頃は名を売ったらしいよ。やくざじゃなくて、不良少年のバンチョなんだ。それで、そのバンチョが老けて、それからまた彼もそういうことがいやになって、お袋さんの所に戻ったんだ。だから職歴ってものがない」

館石信夫は哀しい眼色のまま石のように身じろぎもしなかった。

「――で、何ができる？」

「さァ、何ができるだろう」

藤井はもう一度、彼に訊いた。

「何が、得意種目だね」

「――何も、できません」

と彼が口ごもりながらいった。

「車の運転は――？」

「免許は持ってるな」と飯島。

「でも、長いこと乗ってないか」

「いえ――」と彼は自嘲気味にいった。「運転手の経験がないですから」

「店で、帳簿なんか、つけてたかい」

「――そういうことは、駄目に近いです」

「グレたってのは、どういうふうに？」

「硬派さ――」と飯島。「喧嘩はずいぶんしたんだろう」

「いえ――」

いわゆる武勇伝らしいものをしゃべるかと待っていたが、彼は無言に戻ったままだ。

「弱ったな。何もできないとなると――」

「そうなんだ。それで君の所に頼むほかないと思って、やってきたんだが」

「うちは芸能プロダクションだがね。君は芸能界みたいなものに興味はあるかね」

「いえ――」

そういったままだ。

商売柄、若い社員の移動が烈《はげ》しく、まだ手不足ではある。しかし、こう暗くて無口ではマネジャーはとても向かない。第一、事務所のムードに溶けこむかどうか。

藤井は、助けてくれ、というような眼で飯島を見た。飯島は、うん、と頷いたが、

「でもね、買えるところもあるんだ」

「ほう、どんなところが」

「男っぽいよ」

「――?」

「ちょっと類がないくらい、男っぽい。何にもできないかもしれないが、俺が子供がなかったら、養子にしたいね」

藤井はもう一度、四十歳に近いという館石信夫を眺めた。そういえば、不良少年の顔だ。不良少年がそのまま四十に近くなってしまって、それで世間とチグハグになっている顔なのだ。不良少年にもいろいろあるが、男っぽい、というのはなるほどそうかもしれない。そうして、履歴書に、男っぽい、というしか書きようがない大人というのも、あるいは貴重かもしれない。

「まァ——、居候のつもりで、しばらく来てみるか」

といった。

「ありがたい。君ならきっと、そういうふうにいってくれると思った」

飯島がそういって笑った。

「いや、保証人には俺がなる。実は、彼に思い入れがあってね。誰に頼まれたわけじゃないが口ききを買って出たんだ。このままじゃせっかくの彼のいいところが錆《さ》びついてしまう。面倒かけるがよろしく頼むよ」

館石も一緒に立ち上り、一礼して部屋を出て行った。静かな足どりで、後ろ姿は不良少年OBにはすこしも見えなかった。

2

藤井のところは芸能プロとして一流ではない。新劇出の古手の役者が数人、近頃売れ出した佐々木みどりというヤング女優、あと前座歌手やモデル嬢たち。役者の稼ぎはフル回転してもたかがしれてるから、なんでもやらなければならない。

それぞれのタレントの担当マネジャー、付き人、運転手、事務系の者まで含めてけっこう人数が居る。机など数がないから共同使用で、大勢かち合うときはソファに並んでいたりする。

館石信夫は、一応、代行運転手兼雑用係という恰好で毎日出社するようになった。

元不良という触れこみにしては朝が早い。誰よりも早く、自転車でやってくる。

「俺、競輪選手と一緒に、街道練習やってたから——」

そんなことをぼそりといったそうで、普段がむっつりしてるから、なんとなく凄みにきこえたらしい。

「やっぱり、暗黒街だなァ」

微妙に尊敬の意味を含めた囁《ささや》きが事務所の中に流れる。

芸能プロダクションだって、堅気の商売とはいいにくいが、それだからこそ、本当のやくざ稼業とはちがうという意識と、逆に暗黒街に一目おく意識とが交錯するのである。

「昔は、皆からなんて呼ばれてたの——?」

彼は無言でじろッと見返すだけだ。

そこがまた、いかにも本筋で、自分たちとはちがう存在に見える。

ボクシングの中継を観ていて、わァわァ能書《のうがき》をいってるうちに、ふと、隅に館石が押し黙って居たりすると、皆がすっと静まりかえるのである。

ところが、そういう点をのぞいて、事務所の男として見た場合、まったくの朴念仁《ぼくねんじん》で、どうにも使いづらい。

まず、雰囲気にそぐわないし、彼の方から皆に溶けこもうとしない。

自発的に何かをする姿勢がない。

芸能プロの人間たちとまったくちがうのは、笑うということをしないことだ。人前で笑顔を見せない点では、大昔の喜劇王バスター・キートンに匹敵する。

愛嬌が必需品で人間関係だけで成立しているこの業界では、たとえ運転手であっても困ることがある。

館石の運転で仕事に出かけた歌手やモデルたちの評判があまりよろしくなかった。いいつけたことはするが、小働きをしてくれないという。

「おじんくさいの。車の中でも、ムスッとしていて、こっちまで憂鬱になっちゃう」

要するに、気転がきかないということか。

幼馴染みの飯島とスナックで一杯ひっかけているときに、彼の話が出た。

「ところで、どうかね、先日の館石、なんとか使えそうかい」

「まァ、居候としては可もなし不可もなしだな」と藤井は正直にいった。「しかし、彼のどういうところが男っぽいのかね」

「男っぽくないか」

「――まだ、よくわからん。うちの女の子たちには、あまり受けてないようだが」

「そうかもしれん。近頃の若い男たちみたいに、楽しかったり便利だったりするタイプじゃないからな」

「すると、大時代なのか。日本男児ここにあり、というやつかな」

「うーん、どうなんだろう」

「この前ね、出先でちょっとしたトラブルがあったんだ。キャバレーのオーナーが、まァ頰っぺたに傷のあるような奴だがね、かなりドスを利かせて怒鳴ったらしくて、若い歌手やマネジャーもあおられちゃった。そのとき、彼が隅の椅子にかけていてね。マネジャーは元バンチョの彼にさばいて貰うつもりだったらしいが、彼は終始無言で、椅子にかけたまま何も役に立とうとしなかったらしい」

「なるほど」

「以来、用心棒的な存在としても、株が落下してね」

「用心棒みたいに使おうとしても、ミスキャストかもしれんな」

「修羅場をくぐってきたんじゃないのか」

「それは昔はあったろうが、俺の知るかぎりじゃ、おとなしいね」

「おとなしいのか」

「いわゆるおとなしいのとはちがうかもしらんが。そんな殺し屋みたいなタイプなら、君のところに頼んだりしないよ」

「むずかしいな。なにしろ本人が無口だから、俺には理解のしようがない」

「俺も実は、奴の男っぽさについて、うまく説明できんのさ。ただ、奴の腹ン中に他人を熱くさせるような魅力がある。それは確かだと思う。ただそういう魅力は金銭に両替えできないし、今の人にわかりにくい。俺たちだってとうにどこかへ置き忘れてきちゃったようなものだな。奴は今の人が持ってるものは何も持ってないし、奴の魅力なんかもう世間が必要としない。本当にそうなんだろうか。だから実験材料だよ。君のところで、奴をどう生かすか。或いはただの役立たずのオールドボーイなのか」

藤井はグラスを干してから笑った。

「ずいぶん肩入れしてるんだな」

「だからいっただろう。子供がなければ養子にしたい。多分、君もそう思うよ」

「ところで、彼は独身なのか」

「ああ――」

「一度も、所帯を持たずか」

「ずっと、冷や飯喰いだ」

「何故――」

「兄貴も独身だ。長男が順番が先だろう」

「兄貴は、どうして」

「さァ。母親は嫁を欲しがってるようだが」

「おカマ趣味か」

「兄貴も元不良らしい。二人兄弟で、二人ともグレて、兄貴は三十越してから生家に戻って、どうやら店の中でおちついてる」

「それで――？」

「いや、それ以上はわからんさ。当人は、遊ぶ女なら不自由しないといってるが」

「本当かね。あれで女をひっかけられるのかい」

「何度もいうが、彼は魅力的だよ。ただ、社会の中で自分の居場所が無いだけだ」

と飯島がいった。

3

佐々木みどりはTVのレギュラー番組が二本、他は単発がときおりだけで、藤井としては大事に使っているつもりだが、リハーサルにも日をとられるし、週二回は作曲家のところに歌の勉強に行くし、ショーダンス、日舞、発声学、パントマイム、演技基礎、話法などの専門教師についているから、日中から夜おそくまで自分の時間はほとんどない。

彼女は三重県の僻村から単身上京してきた娘で、劇団に所属していた経験もないから、売出しと基礎勉強が一緒になっている。そうしてほとんどのヤングタレントがそうであるように、希望に燃えてハードスケジュールを懸命にこなしている。

みどりの運転手が、肝臓をこわして入院してしまったとき、藤井はいくらか気遣いながら、当面の間、その任を館石にまかせた。

「よろしくおねがいしまァす」

という彼女の挨拶をききながすようにして、館石はぼそッと運転席におさまった。

マネジャーの田所は歌手から転向した若者で、カーラジオのロックを聞く以外に余念のないような男。最初は、

「フーッ、疲れるよ」

などといっていたが、まもなく館石を無視してしまったらしい。

何日目かに、みどりが次の行先きを告げたあと、いくらか強い調子で、

「ねえ、館石さん、お願いだからお返事してよ」

といったとき、運転席から、

「――はい」

という声が返ってきて、田所がぺろッと舌を出した。

「ありがとう。お返事してくれないと、とっても不安なんだもの」

その日、車の中でみどりが、藤井の妻が作った弁当箱を開いてみると、運転席から身体を斜めにしている館石の視線がこちらに来ていた。

「――アラ、半分あげましょうか」

みどりは弁当の蓋《ふた》にとりわけようとしかけたが、館石は強く掌を振って拒絶した。そうして口の中でぼそぼそと呟いた。人が喰べてるところを眺めていて悪かった、というようなことをいっているらしい。

それから車をおりて、ちょっとの間姿を消した。

喰べるのに夢中だったみどりの鼻先に、熱いウーロン茶の缶が、ぬっとさしだされた。マネジャーのくせに田所はこういう配慮をしない。みどりが百円玉を出すと、また強く掌を振って、館石はそっぽを向いている。

「あ、ありがとう」

「ねえ、お昼はいつも喰べないの」

「ああ――」

「どうして」

「夜、酒を呑むから――。腹をすかさないと酒がうまくない」

「そう、お酒呑みなのね。うちのお父さんもそうだった。お酒呑むと喰べないから、お母さんによく叱られてたわ」

その日の夜、作曲家のところから帰るとき、ぐったり疲れてたけれど、みどりは気になっていたことをいった。

「昼間はごめんなさいね。偉そうにいっちゃって」

いいや、といったようだがよくききとれない。

「こき使うみたいだけど、お仕事だから、気にしないでね」

返事がなくて、気を悪くしたかと思ったが、やがて館石の方から口をきいてきた。

「一人で、淋しくないかね」

「一人って——?」

「親もとを離れていて」

「ああ、今、忙しいから、思い出す間もない。館石さんこそ独身で、淋しくないの」

「——女が、寄ってこないよ」

「昔はモテたんでしょう。不良少年は女に不自由しないんだって、誰かがいってたわ」

「みんな、ハンチクで駄目だよ」

藤井はときどき、どうだい、というような眼を向けてくるが、みどりは館石に関して何も屈託がなかった。もう充分に親密なつもりになっている。ずっと年長だが、慣れてみると、愛犬に話しかけるみたいに、なんでも気易くしゃべれるような気がする。

マネジャーの田所が、なんだかひ弱で、頼りなく見えてくる。

「館石さん、いつも、晩酌なの」

「いや、外だよ」

「外だったらお金がかかるでしょう」

「だらしなく金を使うんだ。金もないくせに——」

「わかった。女の人が面倒みてくれてるんでしょう」

「いや、知らない店だよ」

「毎晩、知らないお店に行くの」

「呑むときは、一人がいい」

「そうかなァ。にぎやかに呑んだ方が楽しいと思うけど」

「呑んでるところなんか、人に見せるもんじゃないよ」

「いつか、のぞいてみたい。呑んでるところをね。うちのお父さんと、どんなふうにちがうか」

みどりに舞台出演の話が来た。大劇場で一ヶ月まるまる拘束される。土日のマチネもあるし、レギュラー番組との両立は大変だ。そのわりにお金にならない。藤井は渋ったが、彼女が主張した。

「賭けさせてください。TVの方も絶対に休みませんから」

みどりは、順調なコースを行く若者が示す、怜悧《れいり》で欲深な表情をしていた。

「ちゃんとした舞台でしごかれてみたいんです。あたし、まだなんにも身につけてないから」

「わかるが、みどりはこのところ元気だからね、もう忘れてるかもしれないが、肋膜《ろくまく》の既往症があったろう。こっちはそのことを充分頭に入れて大事に使ってるつもりだよ。タレントは身体が資本だし、マラソンでもあるから、あせって途中で倒れてしまったらつまらない」

「ありがたいと思ってます、大事にして貰って。でも緊張しているときは倒れないわ。今のうちに鍛えておかないと、あたし不安で。二三年で消えていきたくありません」

みどりの希望がいれられて舞台を強行することになった。他の役者のスケジュールもあって、稽古はたいがい深夜になる。TVと舞台ではセリフのメリハリも発声もちがうらしく、稽古がはじまって二三日で彼女は声を潰してしまい、くしゃっとした顔で車の中に駈けこんでくると、吸入器にかじりついている。

平生の無駄口もきかない。そうして館石も黙っている。

ただ藤井の家の前でみどりがおりるとき、

「――よく寝なさいよ」

「ありがとう。おやすみ」

彼のそのたった一言が、ずいぶん煮つめられて出てきた感じで、その一日他になんにも言葉を交さなかったのに、充分親密だった気がするのである。

シャワーを浴びながら、

(——どうして、あの人、独身なのかしら)

まるで父親がそばに居るようだ、と思う。

(——もっと若かったら、あんな人に、愛されてみたい)

チラッとそんなことまで考えた。

どうしてそんなふうにまで思ったのか、彼女自身にもよくわからない。父親は、館石と似ているわけではないが、本当に酒呑みで、夜どおし一人でしゃべり、唄い、誰もきいていないのに高声で笑い、果ては煮崩れた豆腐のようになって母親に抱えられて寝床に運ばれるような人だった。それで朝、別人のように小さく背を丸めて、こそこそと出勤していく。小学校の教師で凡々と日を送った感じで、母親のこぼしの種がつきない。

そのこぼしをきいて育ったみどりは、父親を反面教師にして小さいときから努力型だった。父親のような凡々たる一生は、絶対に送るまいと思っていた。

それで、従姉を頼って名古屋に出て中学に行く。そして東京。まぶしい都会の、眼くるめくような光源の部分に夢中で突進した。それはまったく別世界で、三重の生家のことなど頭の中から消えていた。石にかじりついても、自分はこの光の中で生息しなければいけない。頭のてっぺんから爪先まで、ナウい、ピカピカの人たちの中で。

ところが不思議なことに、どうかしたはずみにしょぼくれた父親の顔が、なつかしく眼に浮かぶことがあるのである。一人で面白くもない冗談をいってはしゃいでいる父親を、内弁慶と思っていたが、外でじっと我慢して、家の中でやっと自分を蘇生させて、せっかく楽しんでいる人に対して、自分も母親も冷たかったと思う。

夢に、淋しげな父親が現われたりする。

それは館石を毎日眺めているうちに惹起《じやつき》された想念かもしれなかった。

ある日、稽古場のそばでいつものように車待ちをする気の館石に、みどりは気易くいった。

「ねえ、お願いしていい――?」

「――はい」

「吸入器と薬を持って、控室に居てくれない――?」

彼はいわれたとおり、車を出て階段を昇ってきた。

その日は局の方で、プロデューサーと打合せをすませて、おくれて田所が稽古場にやってきたとき、みどりがちょうど控室で吸入をしており、館石がそばでなにくれと世話をしているような恰好だった。

「館石さん――」

と田所の声が尖《とが》った。

「こんなところで何してるんだ。車に行ってろよ」

「あたしが――」

とみどりがかすれ声で口をはさみかけたが、

「運転手の分際で、出しゃばるな――！」

館石はそのとき、上体を起こし両手を膝の上で踏んばり、きっとした表情だったが、田所の方でもなくみどりの方でもなく、そっぽをにらんでいた。

「なんだ、その顔つきは――」と田所も構えた。「やるんなら、やるぜ。俺だって、喧嘩はハンパじゃないんだ」

若い女優が化粧を直して居り、鏡の中から注視しているせいもあって、田所は途中で引かなかった。

物音がし、壁ぎわに倒れこんだ館石の口の端から血が噴き出した。

「何するのよ、田所ちゃん――！」

「かかって来いよ、オールドボーイ、さァ来い」

「あたしが、頼んだんじゃないの！」

若い女優が悲鳴をあげ、稽古場から人が来、田所は反撃に備えてなお構えていたが、相手にその気がないと見て、ようやく周囲に眼を向けた。

「近頃は見境いのない奴が多いから、こうやって教えなければいけないんですよ」

館石はポケットから手拭いを出して口のまわりの血を拭い、のろのろと起きあがった。顔を紅潮させていたが、一言も口を開こうとしなかった。そうしてちょっと恥ずかしそうな表情で、一同に軽く会釈し、部屋を出ていった。

「ひどいじゃないの。よくたしかめもしないで。田所ちゃん、謝まってきてよ」

「謝まる——？　僕が、何を謝まるんだ」

「いきなり殴ったじゃないの。あの人はなにも悪くないわ」

「それなら奴が堂々と反撃なり、反論なり、すればいい。それが男さ」

「じゃ、あたしが謝まってくるわ」

田所は一同の方に顔を向けながらいった。

「みどりちゃん、いいかたに気をつけないとスキャンダルと受けとられるぜ。君は大事なときなんだから、自重してくれよ」

4

偶然かどうか、その翌日から新入りの運転手が入社し、みどりの担当になった。彼女はほとんど事務所に居る時間がなかったが、あれ以来、館石を見かけない。

「あの人、どうしたんですか」

「オールドボーイか。やめて貰ったよ」

と藤井がいった。

「やめた――? 理由は何ですか」

「理由といったって、彼がやめたいといってきたんだ」

みどりは唇をかんだ。

「稽古場で何かあったってね。田所からきいたが、それを気にしてるのか」

「理由もいわずに、やめたいっていってきたんですか」

「自分には宮仕えは合わないっていってたな。俺もそう思うよ。まァ生活に困るわけじゃなし、気にしなくていいよ。小さなことだ」

館石は事務所の皆から、いつのまにかオールドボーイと呼ばれていた。そのうえ、今回のことで田所が、保身の知恵を含めて都合よく吹聴《ふいちょう》したらしく、館石が一段と嘲笑のタネになっていた。もともと弱肉強食に慣れている業界だが、当人が居ないので傾向に輪がかかる。その気配は、事務所に数分間しか居なくてもわかるのである。

そうなってしまうとみどりがどう力説しても、ムードはひっくりかえらない。皆、弱い餌食《えじき》が現われるのを待ち望んでいる。そうして彼女も、保身の術で、そこを押して主張しなかった。

第一、何故、館石が無抵抗で、自己主張を何ひとつしないのか、みどりにも理解できない。男っぽいという触れこみだったらしいが、どこが男っぽいのだろうか。自分の父親と同じく、みせかけだけでしょぼくれただけの人なのか。

舞台公演がはじまり、しばらく彼女は夢中で格闘した。彼女の役は不良少女で、かすれ声が偶然の効果になったかもしれない。ヴァイタリティに富み、怜悧で弾力のある新らしい型の不良少女と劇評でも評された。一ヶ月の公演を終えて、自分でもひと廻り太くなったように思えた。局側のスタッフの表情にもそれが現われている。アイドル人気とはちがうが、劇界の人間として、ひとつの席を得たようだった。

公演が終ったあとのわずかな自分の時間を利用して、電車に乗って館石の生家を訪ねた。東京はよく知らないし、事務所できいた所番地だけで、難渋を覚悟していたが、意外にすぐわかった。

しかも店の奥の暗い階段のところに、彼が一人で腰をおろしていた。

みどりを見ると彼は、おう、というように白い歯をチラッと見せた。

「お詫びに来たわ」

「——なんのお詫び?」

「この前のことよ。あたしの責任だわ。すぐにやめてしまうなんて思わなかったから」

「君のせいじゃないよ」

「ごめんなさいね」

「君のせいじゃない。俺が駄目なのさ」

「ねえ——、いつか、デートしてくれない。呑むところに一緒に連れてってよ」

「どうして——?」

「呑み助のお父さんとどうちがうかと思って」

「今だっていいよ。君さえ時間があれば」

「まだ明かるいじゃない」

「明かるくたっていい。でも汚ないところだよ。女優さんの行くところじゃないがね」

彼は階段を駈け昇っていった。母親か兄にでもことわりに行ったのか。彼が立った跡に缶ビールの空いたのが転がっていた。

「あたしに奢《おご》らせてね。お詫びのしるし」

「いや。金は持ってる。店のをぎってきた」

彼ははじめて声をあげて笑った。

すぐそばの凡々たるおでんやだったが、まだ客は一人も居ない。

「――芝居を、観に行ったよ」

「アラ、ありがとう、どうだった？」

「評判いいね。君はきっと出世する」

「本物の不良少女とはちがうでしょ」

「ちがうけど、芝居だからあれでいい。本物が出てきたってしようがないよ」

館石は冷酒を呑み、みどりはコーラとおでんの皿をとった。

「酒は、呑まないの」

「呑んだことはあるわよ」

「呑めば」

「呑みたくなったら、いうわ」

　不思議なことに、館石の声音は他の誰ともちがう。しいていえば、父親風だろうか。一言ずつに実意のようなものがこめられている。すくなくとも事務所やTV局で飛び交う声音とはちがう。

「でも、どうして黙って引きさがっちゃったの。館石さん、喧嘩は本業だったんでしょ」

「――あそこで騒ぎを大きくしたら、君が迷惑するだろう。マネジャーと君の間柄も、もつれるかもしれない」

「ああ、そうだったの」

「そうじゃないのか。俺はどうも、よくわからないんだ。堅気の世界のことがね。だから迷ってるうちに、いつもタイミングがずれちゃって、結局、黙って帰ってくるのさ」

「あたしのために、我慢してくれたのね。今日はうんと奢らなくちゃ」

　彼は立て続けにコップを四五杯あけた。

「ずいぶん、強いのね」

「いつもはもっとペースがおそい。今日は、間がもたないからね」

「お父さんもおそかった。だらだらと時間が長いの」

「それじゃ、迷惑したね」

「女は我慢強くないのね。男のほうが立派」

「女の方が強いよ。どんなところでも生活できる。君のお母さんだってそうだろう。男は意気地なしさ」

「ねえ、家族を作りなさいよ。一人じゃ駄目よ。本当の意気地なしになるわよ」

「恰好がつかない」

「恰好がつかなくても、魅力的な人って居るわ。うちのお父さんだってそうだと思うの。恰好がつかなかったろうけど、お母さんてものが居るわ。それであたしも生まれたの」

「そううまくいくとは限らないね」

「駄目よ。それじゃ本当の意気地なしよ」

「そうだ、駄目なんだよ。俺は何にもなることができない」

この人はなんていい声音をしているんだろう、と思う。よく聞くと、まるくて、あたたかくて、ナイーブで、まるで名優の声音のようだ。

館石は、みどりの父親のようにはしゃぐでもなく、唄うでもなかったが、会話は絶えなかった。そうしてよく呑んだ。彼としては奇蹟的に上機嫌だったのかもしれない。

「俺ね、今考えてるんだが、ラーメンの屋台でもやろうかと思ってるんだ」

「あら、いいわね」

「いいかい」

「館石さんは一人でやる仕事がいいわ。会社人間になんかなるより」

「それしかないと思う。俺はどこにもはまらないから」

「おいしいラーメン作れる?」

「うん。ラーメンなら俺もよく喰うし、兄貴も好きだから」

「喰うんじゃないでしょ。売るんでしょ」

「残ったら家で全部喰っちゃう」

「駄目よ、それじゃ。ねばっこくしなくちゃ」

「冗談だよ。本当いうと、今夜、考えついたんだ」

「あたしも株主になるわ。貯金が少しあるの。前は自分の将来のためだったけど、この頃少し考えがちがってきてね。いつか、親たちに、家をプレゼントしてあげようと思って、大きな夢を見てるのよ」

みどりはすぐに言葉を続けた。

「でも同じことよ。もしお金が必要だったら、あたしの貯金を使って」

「いや――」と彼は、ウーロン茶の代金を受けとらなかったときと同じように、烈しく手を振った。

「自分で作る。一人でやるよ」

「そうね——」

「屋台で一人前になれなかったら、俺は自殺する」

「きっと成功するわよ」

彼女は店主にウィンクした。

「あたしも一杯、お酒いただくわ。それで、その屋台のために、乾盃しましょう」

5

田所はみどりの担当を離れて、新らしく沖縄のタレントスクールからスカウトしてきた二人の若い娘につききりでマネジャーをやっていた。藤井の信任も篤《あつ》く、事務所の中でも一段と格をあげた恰好である。

みどりのマネジャーは大学出の女性になった。表向きはそうだったが、実際は代表の藤井の指令でいちいち動いているようなもので、ということはみどりがこの事務所の金看板になった証拠のようなものだった。

ひとつきっかけをつかんで途方もなく伸びていった役者の例はたくさんあるが、女優の売出しはそれ以上に早い。舞台だけでなく、映画からも声がかかり、TVの方でもみどりをヒロインにしたドラマが続いて作られた。

藤井の家でも、単なる下宿人のタレントでなく、掌中の珠をあつかう恰好になってくる。みどりのために二階を建増しするという騒ぎだ。

藤井は彼女のスケジュールばかりでなく、日常の隅々まで眼を光らせていて、みどりが一人になる時間はほとんどない。

「おい、時間を無駄にしないで、休むときは休んでくれよ」

「はい——」

「俺は爆弾を抱えているようなものだ。心配で、心臓がわるくなりそうだよ」

「何故ですか」

「忘れてるだろうが、君の身体だよ。ここで倒れられちゃ、元も子もない」

では過密さをセーブするかというと、それはしない。ここというときは全力疾走をさせるのがこの業界の常識だ。それはみどりもわかっていて、まわりの引立てに精一杯乗ろうと思う。けれども以前は快感であった全力疾走が、女優として定着してくるにつれて、重労働にも思われてくる。ここが我慢のときだ、と思う一方で、事務所の歯車の中で倒れるまで疾走させられる自分が、二十日鼠のように思えるときがある。

何度か熱を出し、そのたびに藤井がおろおろしながら、かゆいところに手が届くように看護してくれた。だが医者に見せようとしない。藤井は医者の診断書を怖がっているようだ。

ときどき館石のことを思い出す。屋台をはじめることができただろうか。会って、打ちとけた話をしてみたいが、その閑《ひま》がないし、彼の方からも何もいってこない。

夜具の中に身を横たえて寝られる日が、月に何日というくらいしかない。往復の車の中や控室でぐったり眠る。重労働は覚悟していたが、熱っぽい日などは、ここまでが自分の限界のように思える。自分はやっぱり、両親のように田舎で平凡に暮すのが似合いだったかと思いはじめる。

すると、気持が底なしに萎《な》えた。なにもかも放りだして、故郷へ帰ってしまいたい。こんなとき、実意のある慰さめがそばにあったら。

ある夜、もうほとんど明け方に近い頃だったが、神宮外苑の近くの通りで、屋台を曳《ひ》いている館石の姿が、うつろな眼に入った。

「あ、停めて――」

とみどりは叫んだ。

「ね、ラーメン喰べない？　お腹すいちゃった」

運転手も、マネジャーも、付き人の女の子も、館石が事務所に居た頃を知らない。

「あたし、喰べるわよ」

彼女が車をおりると皆ぞろぞろついてきた。

「うわァ寒い。ラーメン四つくださいな」

彼はやっぱりちょっとした笑顔を見せただけで無言。しかし棚のコップをとってぐびっとあおった。それから地上の七輪から薬缶《やかん》をおろして、彼女のそばに押してくれた。

「やったわねえ、おめでとう」

「駄目だよ。恰好がつかないよ」

彼はコックがかぶるような白くて長い帽子をかぶり、白い割烹着を紐《ひも》で縛っていた。なおおかしいのは黒いサングラスをかけている。なんだか珍妙なところが彼らしい。

「どうしたのよ、その眼鏡——」

みどりは気易く手を伸ばしてサングラスをはぎとって、はっとした。彼の右眼のまわりが黒く隈《くま》になっている。

「チンピラにからまれちゃってね」

「あらァ、また殴られたの」

「よし、やってやろう、それで一歩踏み出したんだけど、そこで、此奴等《こいつら》も客だな、と思ったらまた迷っちゃって、結局、殴られて終りさ」

みどりは笑わなかった。どうしてか説明できないけれど、この人、男だな、と思った。

「知ってる人？　みどりさん」

「うん、あたしのお父さんよ」

「あらァ、本当？」

「東京のお父さんよ。とにかく喰べてよ。きっとおいしいから」

車が一台また停まって、ホステスとその客らしいのがおりてきた。

「ラーメン二つね。生卵おとして」

いらっしゃい、でも、毎度、でもなく、彼はただ、

「――はい」

と答えたきりで、相変らずだな、と思ってみどりは一人で笑った。


〔1989年「週刊小説」2月17日号初出〕

P+D BOOKS ラインアップ

P+D BOOKS ラインアップ

P+D BOOKS ラインアップ

（お断り）

本書は1989年に実業之日本社より発刊された単行本『明日泣く』、1991〜92年に福武書店より発刊された『色川武大・阿佐田哲也全集』3、4、5巻を底本としております。あきらかに間違いと思われるものについては訂正いたしましたが、基本的には底本にしたがっております。また、一部の固有名詞や難読漢字には編集部で振り仮名を振っています。

本文中には大工、召使い、農夫、妾、女衒、女中、アル中、未亡人、ハイミス、掃除婦、私生児、スチュワーデス、不能、掃除夫、小使、トルコの女、ヒモ、書生、ホモ、女郎、トルコ風呂、蜘蛛男、畸人、人夫、汲取屋、屑屋、按摩、婆や、知能が足りない、女優、おじん、おカマ趣味などの言葉や人種・身分・職業・身体等に関する表現で、現在からみれば、不当、不適切と思われる箇所がありますが、著者に差別的意図のないこと、時代背景と作品価値とを鑑み、著者が故人でもあるため、原文のままにしております。

差別や侮蔑の助長、温存を意図するものでないことをご理解ください。

色川武大（いろかわ たけひろ）
1929年（昭和4年）3月28日—1989年（平成元年）4月10日、享年60。東京都出身。1978年に『離婚』で第79回直木賞を受賞。代表作に『怪しい来客簿』、阿佐田哲也名義で『麻雀放浪記』など。

P+D BOOKS とは

P+D BOOKS（ピー プラス ディー ブックス）とは
P+Dとはペーパーバックとデジタルの略称です。
後世に受け継がれるべき名作でありながら、現在入手困難となっている作品を、
B6判ペーパーバック書籍と電子書籍を、同時かつ同価格で発売・発信する、
小学館のまったく新しいスタイルのブックレーベルです。

オールドボーイ

2021年8月17日　初版第1刷発行
2024年5月15日　第3刷発行

著者　色川武大
発行人　五十嵐佳世
発行所　株式会社　小学館
〒101-8001
東京都千代田区一ツ橋2-3-1
電話　編集　03-3230-9355
販売　03-5281-3555
印刷所　大日本印刷株式会社
製本所　大日本印刷株式会社
装丁　おおうちおさむ（ナノナノグラフィックス）

ISBN978-4-09-352422-3

P+D BOOKS